La memoria

935

DELLO STESSO AUTORE
in questa collana

Lorenza e il commissario
Questo è un uomo

nella collana «La nuova diagonale»

I Maestri di Gibellina

Davide Camarrone

L'ultima indagine del Commissario

Sellerio editore
Palermo

e-mail: info@sellerio.it
www.sellerio.it

Questo volume è stato stampato su carta Grifo vergata prodotta dalle Cartiere di Fabriano con materie prime provenienti da gestione forestale sostenibile.

Camarrone, Davide <1966>

L'ultima indagine del Commissario / Davide Camarrone. - Palermo: Sellerio, 2013.
(La memoria ; 935)
EAN 978-88-389-3083-6
853.914 CDD–22 SBN Pal0259425

CIP – *Biblioteca centrale della Regione siciliana «Alberto Bombace»*

L'ultima indagine del Commissario

A Maria

Noi tutti sperimentiamo ogni sorta di cose per poi spezzare di continuo questi esperimenti, gettiamo tutt'a un tratto decenni di esistenza nel mucchio dei rifiuti.

THOMAS BERNHARD, *Il soccombente*, 1983, Adelphi 2008

I

Lunedì 22 maggio 1911

I polmoni del Cavalier Eugenio Garbo, Commissario di P.S. del Regno d'Italia, pompavano e sfiatavano come grossi mantici da camino, incatramati dai trenta e più anni di fumo dei suoi amati sigari napoletani.

In quella fresca del mattino, il Commissario respirava un poco d'aria del giorno prima: stantia, densa dei vapori della sua soffitta da scapolo a Palazzo Macaluso, delle polveri impalpabili di coccio e tufo e dei fumi sparsi in cortile dall'automobile del Barone Giovanni Vito Epifanio Macaluso, una rombante Isotta Fraschini Tipo KM, come kilometri: e di chilometri avrebbe potuto macinarne oltre un centinaio in una sola ora, solcando Palermo dal Palazzo Reale alla Porta Felice in neanche due minuti, spazzando fino al mare esseri umani, animali e mercanzie di quella Medinah.

Nelle sue notti, un tempo di buone letture – vecchi romanzi francesi e la Torah di famiglia –, il Cavalier Garbo si perdeva nei suoi incubi, arrampicandosi e precipitando in un solo istante dall'infinito spazio siderale al minuscolo universo del particolare: sognava di cadere nel vuoto, di volare libero come un uccello, e si ritrovava d'improvviso prigioniero di spazi piccolissimi.

Sul finire del sonno agitato, dopo aver levitato in un purgatorio di ombre indistinguibili, il Commissario vide liquefarsi, in uno Stromboli al centro della sua camera da letto, il bianco e il verde delle maioliche del pavimento: dalle superfici laviche si levavano correnti caldissime che ne deformavano le geometrie; tutt'intorno, vasi e fiori mutavano in figure astratte, allo stesso modo di certi disegni illusionistici in vendita sulle bancarelle al Mercato dei Contemporanei di via Bettino Ricasoli.

Si svegliò stanco, affannato come se per sfida avesse attraversato a nuoto la conca della Cala, e non era più il bimbo stracciato del molo di Santa Lucia che era stato una volta. Si liberò a fatica del lenzuolo inacidito dal sudore e si mise a sedere, tenendo i gomiti sulle ginocchia e la testa pesante tra le mani; gli occhi chiusi, abbandonati ad un riposo miserabile ancora per qualche secondo: quando li riaprì, il Cavalier Garbo rivide la rovina operata dal tempo, le sue cosce magre e il suo ventre rilassato ai fianchi, pur se ancora piatto sul davanti.

Dinanzi al piccolo specchio della toilette, l'esame si fece spietato: le rughe del viso come tagli sottili sulla pelle, i capelli di un nero inchiostro meno luminoso di un tempo, radi e tirati all'indietro, il naso dritto e carnoso, le labbra rosa chiaro che tendevano a seccare in fretta. Riempì la bacinella e vi immerse il capo; insaponò il viso fino ad accecarsi e, con la mano destra, mosse a tentoni in cerca della caraffa di smalto. Versò l'acqua gelida sulla nuca, e, con una spugna, poco alla volta, ripulì accuratamente il resto del corpo.

S'asciugò con un leggerissimo telo di cotone e filet dinanzi alla sola finestra della stanza, aperta a catturare un po' di vento: attraverso di essa, vide i tetti dell'Archivio del Senato municipale, e ripensò che una volta lì s'ergeva la Sinagoga maggiore e che Giuseppe Damiani Almeyda, l'architetto di quel contenitore di atti e transazioni civili ed incivili, aveva voluto ricreare il Tempio distrutto dal furor cattolico, coi tetti altissimi, le luci diagonali e, si diceva, un tesoro conservato in un pozzo poco distante. Un tesoro di rotoli e paramenti sacri: ori e argenti, si diceva pure.

Il Cavalier Garbo andò incontro al suo destino. Era stabilito che sarebbe sceso in strada prima che il sole scaldasse il suo marciapiedi, sul Cassaro, e avrebbe fatto colazione alla Pasticceria Orlandina, con una brioche gialla d'uovo, calda e soffice, e una granita di limone.

Avrebbe letto distrattamente il giornale siciliano e quel giorno avrebbe saputo dell'incidente all'aerodromo parigino d'Issy-les-Moulineaux, della morte del ministro della guerra francese Henry Maurice Berteaux, del ferimento grave del Presidente del Consiglio Antoine Emmanuel Ernest Monis e del noto petroliere e sportman Henry Deutsch de la Meurthe, colpiti e sfracellati da un aeroplano in partenza per il raid Parigi-Madrid.

Trentadue passi dopo aver superato quelle due infernali vetrine fumanti di vaniglia e cannella, avrebbe salutato il piantone e – risalendo per le strette e buie scale di servizio, fino al secondo piano del Palazzo Montalto – avrebbe raggiunto un camerone a due scrivanie: dalla sua avrebbe rivolto fugaci sguardi di commiserazione al Delegato La Placa Pasquale, che, invariabilmente, fra le otto e le undici, avrebbe ripreso a dormire: e non per quello, beninteso, l'avrebbe compianto, bensì per la sua irrefrenabile smania di metter figli al mondo: undici, ne aveva imposti alla moglie, e l'ultimo, di pochi mesi, lo teneva sveglio ogni notte da aprile – raccontava – per un respiro catarroso e il timore che un diavolo maligno se lo portasse via.

Sul Cassaro, quel giorno, contando i soliti trentadue passi digestivi dopo la prima colazione, i piedi s'inseguirono l'un l'altro, in tumultuosa progressione, e sfiorandosi, un paio di volte incespicarono, poiché la tolda del vascello, la testa del Cavalier Garbo, si volgeva controvento a guardar le donne che, insolitamente, per segrete ragioni, per strada brillavano di contentezza, tutte e di ogni condizione: popolane e di più alto lignaggio.

Gli uomini, invece, parevano tutti egualmente scuri e inappagati: dalla notte appena trascorsa e dal seguito, che non prometteva nulla di buono.

Era un giorno, insomma, in cui qualcosa doveva esser fuori del suo ordine naturale.

II

Alla vista del Commissario, il piantone, Calascibetta Giuseppe di Nicola, alto e roccioso come un cavallo sanfratellano, portò la mano destra alla fronte battendo i tacchi e si sollevò di altri dieci centimetri in un «At-tenti!» che avrebbe indotto qualsiasi criminale di buon senso a tenersi alla larga.

Il Cavalier Garbo rispose con un cenno del capo. La sua destra si sollevò mollemente, ma non andò oltre la spalla: il caldo asfissiante, al pari di una sua certa residua timidezza, gli impediva ogni gesto marziale.

Il Delegato La Placa scattò al cigolio della maniglia. Si ritrovò in piedi, la blusa ben stirata e il mento in alto, quando il Commissario lo salutò con un buon giorno, informandosi come di consueto sulla sua notte: «Agitata, intuisco». E bene intuiva: «Sono riuscito a dormire un paio d'ore», rispose infatti lo sventurato.

La scrivania era lustra, i legni accuratamente incerati, e il piano di cuoio rosso di Firenze incorniciato da sbiaditi gigli d'oro e unto di grasso molle da stivali, nella cronica assenza di pratiche e scartafacci.

Quella mattina, però, al centro del tavolo – appostato su un portasigari, dieci centimetri al di sopra della pelle lucida – c'era un fascicolo nero bene allacciato sui tre lati aperti: sulla copertina, una matita a grana grossa aveva tracciato cinque righe di testo, con svolazzi dal tono ultimativo.

Il Procuratore del Re
Ordina immediate indagini
Su La Mantia Federico, agente scelto di pubblica sicurezza a Palermo,
E Verso Carmela, consorte del su menzionato La Mantia,
Scomparsi entrambi improvvisamente e senza spiegazione alcuna il 15 maggio 1911.

– È arrivato poco fa – disse La Placa. – L'agente La Mantia. Una cosa misteriosa.

– Non ce ne sono, di misteri – rispose il Commissario. – Non sulla terra.

Fu categorico come si è innanzi ad un pregiudizio: come se gli avessero detto: la terra è al centro dell'universo ed è il sole a orbitarle intorno. E non perché non l'attraessero, i misteri. Il Commissario era piuttosto dell'idea che quelli umani – intrighi sempre riconducibili al denaro e al potere: insoddisfacenti – appartenessero ad una categoria di gran lunga inferiore ai misteri autentici, e che solo più in alto, tra le nuvole, ve ne fossero di veramente nobili e pertanto insolubili.

A ben vedere, l'esatta misura del suo esser poliziotto era nella semplice distinzione fra la giustizia terrena, ben poca cosa, e quella divina.

Sulla Terra, pensava il Commissario, occorreva ammettere l'eventualità dell'errore di giustizia: frequente, inevitabile, persino necessario, se imposto dal Fato, da quell'imperscrutabile ragione superiore che ad ognuno offriva la necessaria sofferenza.

Il Cavalier Garbo sgomberò la scrivania e da un cassetto laterale trasse uno strofinaccio con il quale ripulì accuratamente il piano dal grasso eccedente. Vi dispose quindi il fascicolo, giusto dinanzi alla sua poltrona, e ne sciolse i fiocchi; poi, con un gesto secco della mano sinistra, fece esplodere un fiammifero sul ruvido della scatoletta di cartone, accese un lungo sigaro panciuto e, finalmente, sedette.

I fatti di quel fascicolo risalivano al 15 maggio. Era già trascorsa una settimana. Qualcosa sapeva, ma la lettura di quelle carte lo attrasse come se i fatti si fossero verificati altrove e in un tempo lontano, ed egli ne venisse per la prima volta a conoscenza.

L'agente scelto La Mantia era stato comandato ad operare in territorio di Monreale pur risiedendo a Palermo, in via del Collegio Giusino, a breve distanza dal Commissariato, e da Palermo continuando a dipendere funzionalmente: il suo interlocutore diretto era il Questore, Stefano Miserendino. La competenza ad indagare sulla scomparsa dell'agente, almeno dal punto di vista della giurisdizione territoriale, era dunque chiarissima.

Ad un primo esame obiettivo dei fatti e delle notizie – scriveva il Procuratore Benedetto Castrogiovanni, di fresca nomina, due mesi appena –, sembrava si dovesse temere il peggio: un rapimento, o forse un omicidio. Era, il La Mantia, a dispetto della giovane età, un agente scelto e di provate capacità: «al punto – e il rigo era doppiamente cerchiato di rosso, con l'indicazione "Riservato" apposta dal Procuratore in persona – di trovarsi alla vigilia di un trasferimento al ramo segretissimo del Regio Esercito»: l'Ufficio I, dedito a speciali funzioni di polizia e controspionaggio, e da qualche tempo non più riservato ai soli Carabinieri Reali.

Alla vista del fascicolo, era subito salito in gola, al Commissario, il sentimento acido e corrosivo che in quella sparizione si celasse non un semplice accidenti o un crimine da strada ma una storia oscura, per il solo esservi quel quarto rigo sulla copertina: «E Verso Carmela, consorte del summenzionato La Mantia».

Era da mettersi nel conto, a Palermo, che un agente si dissolvesse nell'aria. Ma la moglie, gli suggeriva lo stomaco: perché anche lei?

L'agente scelto La Mantia Federico era nato a Campofranco il 12 settembre del 1888, da La Mantia Giuseppe e Nicoletti Candida; la moglie, Verso Carmela, era venuta al mondo a Santa Flavia, il 5 agosto del 1892, da Verso Agostino e Orlando Maria.

Federico e Carmela non avevano avuto figli, benché sposati da due anni. Ma la donna, annotava il Procuratore, era certamente gravida, stando alla deposizione della di lei madre, anziana e un po' svanita.

«Era stata Carmela a confidarmelo. Era felice e, ad un tempo, preoccupata».

Il Commissario ridusse mentalmente quel «certamente» ad un semplice «forse», ed era la speranza che i morti, se morti vi erano, fossero due e non tre.

Il breve curriculum di La Mantia, tre pagine appena, era fitto di richiami ad indagini relative alla cosca mafiosa del monrealese: mafia di campagna e tuttavia pronta ad impegnare i suoi ingenti guadagni – frutto della rivendita dei feudi comperati ad un boccone da aristocratici in disgrazia – nella costituzione di società anonime di mutuo soccorso per l'emigrazione negli Stati Uniti d'America. Erano stati compiuti degli arresti, nel monrealese: una dozzina di persone, e per lo più si trattava di bassa manovalanza: mafiosi d'asino e doppietta.

Le indagini, benché fruttuose, o forse proprio a causa della gran mole di riscontri e nuovi indizi, crescevano e si spezzettavano continuamente, come una specie di cancro, e il La Mantia era stato più volte spinto su nuove strade maestre e vicoletti in apparenza secondari: furti, grassazioni, macellazioni clandestine, incendi ai pascoli. Metastasi dell'indagine primaria.

Il Commissario avrebbe voluto chiarire le ragioni di quel continuo dirottamento, ma, per farlo, avrebbe dovuto scegliere tra due ipotesi opposte e al pari ragionevoli: che esso fosse dovuto alla volontà dei superiori di La Mantia di allargarla rapidamente ad altri, quell'inchiesta, o invece al loro recondito obiettivo di spegnerla in breve tempo, annegandola in un mare di reati senza alcuna importanza.

La Mantia, lesse più avanti il Commissario, non indossava quasi mai la divisa d'ordinanza: ne era dispensato, dovendo operare in incognito. A Monreale, egli si fingeva figlio illegittimo di un ricco proprietario di Palermo: uso al gioco e alle belle donne e, come il finto padre – La Mantia s'era scelta la paternità fittizia del Barone Cesare Augusto Petralia, prestatore a usura e informatore –, disposto ad ogni compromesso.

I dodici che aveva fatto arrestare erano oramai a giudizio, mentre in ventidue rimanevano indagati a piede libero: fra di essi, i principali sottoscrittori di due società anonime di mutuo soccorso, i nomi dei quali erano stati individuati a fatica e a prezzo d'acqua, sale e bastonature.

Da due mesi, La Mantia aveva abbandonato ogni indagine. Era stato temporaneamente dispensato dal lavoro, per ragioni famigliari non meglio specificate nella sua cartella personale: la gravidanza della moglie, forse, o la stanchezza, per il fatto di non aver mai interrotto il proprio lavoro, neanche per un giorno. Senza contare che l'agente, a Monreale, poteva essersi fatto terra bruciata intorno: qualcuno poteva averlo riconosciuto e aver ricondotto a lui gli arresti e il processo che ne era derivato.

Da qui bisognava partire. Dalla possibile vendetta della mafia, del cane rabbioso appena scalciato.

III

Il Commissario masticò amaro, leggendo e rileggendo il resoconto degli ufficiali d'ispezione inviati dalla Questura centrale.

L'agente scelto La Mantia Federico era mancato ad una convocazione, il mercoledì 17 maggio. La sera della domenica precedente, ed era il 14 maggio, la sua signora aveva assistito ai Vespri nella vicina chiesa dei Tre Re; e da quella sera, nessuno aveva più visto né lei né il marito. Per la scomparsa, dunque, il lunedì 15 maggio era un giorno stabilito in via puramente convenzionale; e solo in fondo al verbale si diceva della perquisizione effettuata in casa dei coniugi La Mantia.

L'abitazione appariva in buonissimo ordine: nulla poteva suggerire che un atto brutale o una paura irragionevole ne avessero trascinato via improvvisamente gli inquilini. Tra i vicini di casa, inoltre, nessuno aveva riferito fatti da giudicarsi interessanti ai fini dell'indagine.

«È da ritenersi, dunque, che l'agente scelto La Mantia si sia volontariamente allontanato dalla propria dimora, in compagnia della moglie, per motivi legati al suo lavoro d'indagi-

ne a Monreale e non noti agli scriventi, forse temendo per l'incolumità propria e della donna, la quale trovavasi in stato di gravidanza, stando alla testimonianza della di lei madre».

Non vi era alcuna traccia da seguire. Nessun testimone da interrogare. Nessun documento da consultare. Niente di niente.

In fondo al verbale, si riferiva di un arresto effettuato poco prima della perquisizione: di un uomo che aveva ostacolato il passaggio della squadra di pubblica sicurezza, ponendo di traverso un carretto e sbarrando la via. L'uomo, un raccoglitore di roba vecchia, era stato difeso a forza dalla gente della zona: e per sottrarlo alla protezione di quella malavita, la polizia aveva sparato due colpi di pistola in aria, disperdendo i facinorosi.

Se così lacunosa era stata l'*Ouverture* di quell'indagine – si disse il Cavaliere –, le arie conseguenti l'avrebbero disgustato: per demerito del compositore, temeva, e non dei soli esecutori; a parer suo, l'indagine era stata malpensata e svolta peggio.

Era da riscrivere l'intera partitura, nota per nota.

– La Placa! Avevi sentito qualcosa, dello sbirro scomparso con la moglie?

– Qualche cosa – rispose il Delegato, scosso da un sonno vegliante e leggerissimo.

In via Judica, a un centinaio di metri dal Collegio Giusino, La Placa viveva come lavorava: in modo pacato e in apparenza inoffensivo; la figura, l'aver molti figli e la devozione alla famiglia, alla Chiesa, alla Congregazione dei Camminanti di Cristo e alle sue tre processioni annuali, ne facevano, agli occhi dei vicini di casa, una sorta di patriarca biblico. La divisa e l'ancor giovane età non gl'impedivano d'esser ritenuto un saggio al quale, occorrendo, chieder consiglio e rassegnar confidenze. Era a lui, dunque, che il Cavalier Garbo ricorreva, come il contadino al rabdomante: per capire se, sotto la terra sulla quale camminava, potesse trovarsi o no dell'acqua, o si dovesse cambiar direzione, per trovarla.

– Che si dice, alla Judica?
– Che il La Mantia era stato troppo sbirro.
– Era?
– Era stato.
– E il mistero?
– Quale mistero?
– Hai detto che era una cosa misteriosa.
– Certo. La moglie, è una cosa misteriosa! Sparì pure lei. E che c'entrava?
– Ho capito. Ce ne andiamo a Monreale, La Placa. Fai preparare una carrozza. Tra dieci minuti ci mettiamo in cammino. E fai sostituire Calascibetta, al portone. Oggi, l'agente viene con noi.

È tempo di farlo lavorare, si disse il Commissario. Gli era stato raccomandato dal Signor Questore, Calascibetta aveva fatto esperienza in Questura e al Casellario giudiziale: il colosso, lo chiamavano i suoi uomini.

Il Cavalier Garbo temeva di non trovare aria buona a Monreale: tra la gente e nemmeno all'ufficio di pubblica sicurezza, miserabile avamposto in terra di mafia. Presentarsi con le truppe d'assalto, avrebbe forse potuto offrirgli un piccolo vantaggio tattico.

IV

Sotto il sole abbagliante, Porta Nuova gli apparve insolitamente bianca, come di calcina e non di tufo. La guglia che la sormontava, pareva avvolta da migliaia e migliaia di riflessi abbacinanti, uno per ogni piastrella di maiolica.

Il Commissario serrò la tenda sul finestrino che gli si apriva di fronte e osservò la monumentale entrata alla città sullo schermo del liso tessuto azzurrognolo, nel medesimo debole chiarore di un dipinto veduto e amato anni prima.

Sul Piano del Palazzo Reale, passeggiavano una giovane donna e la sua bambina, accompagnati da mille passanti: quasi una tela socialista. Nei colori di Michele Catti, però, il protagonista era il tempo cattivo, la scena e non gli attori: la luce testarda che scioglieva la trama di un cielo rannuvolato che tutto trasfigurava in un freddissimo autunno; la strada e il marciapiede umidi, tersi come specchi; gli alberi carichi di foglie ingiallite, in un eroico sforzo vitale; e, sullo sfondo, Porta Nuova, che da quella parte, dalla città dentro le mura, era quasi un arco di trionfo, a celebrare un'antica vittoria contro i turchi.

Il Cavaliere rivide il dipinto e il tono plumbeo della pioggia riflesso nel vapore che quel giorno risaliva dalle balàte arroventate: pareva d'essere in piena estate.

Si disse che quel quadro era da considerarsi vecchio, oramai. In Europa, a Parigi, aveva letto su un giornale, sorgevano nuovissimi movimenti artistici, devoti alle forme astratte più che al mondo reale. Ecco, gli uomini di talento non sapevano più far fronte alla realtà: non tolleravano che si continuasse a giocare alla guerra e che s'invadessero paesi sovrani, facendone colonie, terre di conquista, di rapina. Parigi accoglieva profughi e ribelli, ebrei italiani e del lontano Oriente. Liberati dalle linee e dal tratteggio che per secoli li avevano resi schiavi, si disse, il Cavalier Garbo, i colori avrebbero acceso una rivoluzione.

Si lasciò le antiche mura alle spalle.

La via per Monreale, l'antico stradone, principiava sotto lo sguardo dei Quattro mori che ornavano Porta Nuova sul lato della piazza dedicata all'Indipendenza dai Borbone: le ruote ferrate della carrozza avrebbero arato il Corso dedicato ai fatti di Calatafimi per quasi cinque chilometri, tra due file di case aristocratiche e palazzine borghesi, fino a raggiungere Mezzomonreale e, da lì, per altri cinque chilometri, si sarebbero arrampicate per curve e tornanti fino ai giardini dell'Arcivescovado e al Duomo normanno.

Passare per quella piazza, scatenò nel Cavaliere un turbinìo di pensieri.

Era l'anno delle celebrazioni per il cinquantesimo anniversario dell'Unità d'Italia: a Roma si teneva l'Esposizione Universale. A Palermo, il fuoco aveva cominciato a bruciare assai prima del 1861: nel 1820, nel 1848 e nel 1850. Le insurrezioni erano state sempre spente nel sangue, per divampare, infine, nel 1860, dopo il clamore suscitato dalla rivolta della Gancia, sventata per il tradimento di qualcuno: in tredici erano stati presi dai Borbone e crudelmente uccisi (un sopravvissuto alla scarica dei fucili era stato finito con un colpo alla nuca); ma la notizia dei mille roghi propagatisi nell'Isola dopo quelle morti, aveva fatto presto ad arrivare a Garibaldi, che dovette far più in fretta di quel che avesse sperato, e radunare in poco tempo una piccola armata da imbarcare per la Sicilia. Cavour e gli inglesi avevano fatto il resto, pure corrompendo qualche ufficiale borbonico.

Prima dell'Indipendenza, la piazza era semplicemente il Piano del convento di Santa Teresa: qui avevano decapitato, impiccato e torturato centinaia di persone; e alla fine del Settecento, pure un giovane aristocratico, Francesco Paolo Di Blasi, fattosi illuminista e repubblicano, era finito sul patibolo; nel 1866, era stata soffocata nel sangue la rivolta del Sette e Mezzo: per sette giorni e mezzo, erano insorti gli sconfitti, i borbonici, e a fianco dei garibaldini delusi e infuriati per la miseria e per il colera, la polizia e le tasse: la città era stata bombardata dalle navi da guerra ancorate al largo, duecento erano stati i soldati morti, e più di mille i civili fucilati o scannati sul posto per ordine del Generale Raffaele Cadorna.

Al tempo dei Cartaginesi, il Piano di Santa Teresa racchiudeva l'intera città mesopotamica, tra il Papireto e il Kemonia. Poi, lentamente, quel Paradiso era stato depredato, frantumato, sepolto: ogni nuovo padrone, al suo arrivo, aveva reclamato la propria razione di rovine. Greci, romani, vandali, bizantini, arabi, francesi, spagnoli, austriaci, piemontesi: ciascuno di essi sentiva il bisogno di liberarsi di quei fiumi così come delle insegne dei predecessori.

Ora, nel luogo delle esecuzioni e della battaglia, vi erano un giardino pubblico e molta gente a passeggio, gli alberi altissimi, sulla sinistra, e sulla destra le tende colorate dei negozi, ad ombreggiare le vetrine: sovente, vi si tenevano delle pubbliche manifestazioni.

Il Cavalier Garbo si trovò come sempre incerto tra la fuga e il sacrificio, poiché in lui convivevano pensieri contrastanti: che delle loro vite, del loro sangue, ribelli e patrioti avrebbero potuto fare uso migliore, poiché non si può morire per un'idea astratta; che certe sanguinose recitazioni – i roghi inquisitori, l'assassinio dei liberi pensatori, gli spari sugli insorti – fossero state allestite a garanzia di patti stipulati altrove, tra nemici: per denaro e potere, come sempre; e infine che, sia pure all'ombra di mille intrighi, quell'aspirazione popolare alla libertà, sfociata nella rivolta della Gancia e nella battaglia dell'Ammiraglio tra garibaldini e borbonici, fosse stata sincera. Qui risuonava l'interrogativo iniziale: si può morire per un'idea?

La mafia, intanto, prosperava: aveva resistito ad ogni dominio, sempre comperandosene un poco, evolvendo e pagando pegno ai tempi nuovi.

Se fosse tornato Ferdinando, la mafia sarebbe stata con Ferdinando, così come ora stava con il nuovo governo: il capo chino e un leccasapone sotto lo scapolare.

Mano a mano che la carrozza risaliva per Mezzomonreale, il Commissario riconosceva sicure tracce di quel parassita: nei mezzi sorrisi fugacemente rivolti alla carrozza nera dalle insegne d'oro e negli sputi che li accompagnavano.

L'ultima curva per Monreale donò a tutti e quattro gli occupanti la carrozza una chiarissima veduta della Conca d'Oro, con il cielo poggiato sul Pellegrino e la città accesa dal tufo e spenta dalla pietra di Billiemi, intessuta tra gli agrumeti e il mare.

Calascibetta era rimasto a bocca aperta, i palmi delle mani ben stretti sulle cosce. La Placa, che dormiva, si riscosse. L'agente Fiorito, alla guida del coupé, inflisse una frustata ai due cavalli, che avevano rallentato, in salita, stremati da un sole impietoso. Il Commissario distolse lo sguardo al primo schiocco del nerbo.

Si fermarono dinanzi al Duomo. Videro gli archi, la torre campanaria. Sotto la statua di Guglielmo II, quattro o cinque vecchi, con una luce vivissima tra le palpebre raggrinzite, studiavano discretamente quel nugolo di sbirri forestieri.

Gli uffici di pubblica sicurezza erano poco distanti.

L'Ispettore Galvagno li stava aspettando: un agente era corso da lui ad avvisarlo del loro arrivo. La stazione di polizia si trovava sul lato sinistro della piazza, e le finestre, eccellenti osservatori, s'affacciavano sullo stradone di Palermo.

– Ho ricevuto un ordine di collaborazione dal Procuratore Castrogiovanni. Diceva di riferire tutto sull'inchiesta svolta dall'agente La Mantia. Quelle tre parole – «tutto sull'inchiesta» – erano sottolineate. Per farmele entrare bene in testa. Insomma, non era necessario, Commissario. Mi sarei messo spontaneamente al vostro servizio.

– Ne ero certo, Ispettore. Non l'ho richiesto io, quell'ordine, infatti –. E il Commissario si chiese se il Procuratore non avesse voluto, precedendolo a quel modo, dirgli: bada a te, conosco le tue mosse: sapevo ti saresti rivolto a Galvagno; sapevo non ti saresti accontentato del verbale. Mise subito a tacere quel timore: esagerato, folle.

Galvagno era di corporatura tozza e piuttosto basso di statura. Il viso era scuro, color del bronzo, gli zigomi e le tempie sottolineati da irregolari macchie della pelle: da sole a picco, fegato ingrossato e vitiligine. Gli angoli della bocca erano ripiegati verso il basso, in una smorfia di durezza accentuata da baffi robusti e imbiancati al centro. I suoi occhi piccoli e acuminati erano tutti per il Commissario: lo studiava con attenzione. A Calascibetta e La Placa, dedicò invece uno sguardo frettoloso.

– Fa caldo, qui. Venite, andiamo a prendere un bicchiere di acqua e anice, giù in piazza. Cinque minuti.

Quel poco che diceva di sapere su La Mantia, lo espose per le scale smozzicate e anguste e lungo la strada che conduceva al carretto a tre ruote dell'acquaiolo: cinque minuti giusti, ma quel poco lasciò di stucco il Cavalier Garbo.

Galvagno parlava lentamente, soppesando ogni parola, con un accento dolce e marcato.

– La Mantia conosce il suo mestiere come pochi: meglio di tanti suoi commilitoni anziani. È lesto e di pochissime parole. Qui a Monreale non ci siamo mai visti né parlati. Quando arrivò qua, mi fece sapere, per il tramite di una persona, che avrebbe gradito incontrarmi: a Palermo, però, tra la folla del mercato di Ballarò. Insomma, ci vedemmo, camminando tra le cassette e le bancate. Mi raccontò del suo lavoro e della necessità, da mafioso apprendista, di trasgredire qualche articolo di legge, di tanto in tanto. Gli risposi che, se questa era la volontà del Procuratore Diotallevi, per me non c'era alcun problema.

Sua Eccellenza Andrea Diotallevi era stato Procuratore del Regno prima di Sua Eccellenza Benedetto Castrogiovanni. La missione di La Mantia, pensò il Commissario, era in piedi da tempo.

– È passato più di un anno, o forse due: indagine lunga e difficile! – disse Galvagno, leggendogli nel pensiero.

Infine, la rivelazione.

– Ci sono delle cose che vanno al di là dell'inchiesta di La Mantia. È il secondo agente che perdiamo, qui a Monreale. Uno ce l'hanno ammazzato due mesi fa. Sparato alle spalle: era andato a caccia nel contado di Giacalone. Agnello Giuseppe, 32 anni. Omicidio.

– Ma non fu un incidente di caccia? Così dissero, ricordo.

– No. Insomma, il colpo non fu sparato da un fucile da caccia.

– Come no?

– Fu una pistola nuova, tedesca. Una Luger calibro 7.65.

– E voi come lo sapete? – chiese il Commissario, colto alla sprovvista da quel piccolo ispettore di campagna.

– Ho recuperato la palla. Il proiettile. Ho fatto esaminare il corpo da un medico, prima di consegnarlo alla famiglia. Insomma, da un veterinario. Ha infilato un dito nella ferita e ha trovato il proiettile: buono per una sola pistola. Roba raffinata: due metalli, piombo duro sul cilindro e molle sulla punta, schiacciata a stella. Quel proiettile aveva aperto la schiena di quel disgraziato come un colpo di lancia.

– Avete fatto un'autopsia. Come a Roma.

– Faccio lo sbirro da una vita, Commissario. Queste novità non m'interessano. Ma non era un colpo di fucile. So riconoscere al primo sguardo un colpo di fucile. E ho voluto vedere di che si trattava.

– Avete denunciato il fatto al Procuratore?

– A Castrogiovanni? Per iscritto, riportando le conclusioni del medico. Insomma, del veterinario. Mi ha guardato come si guarda un bambino, mi ha dato una pacca sulle spalle e mi ha detto: «Si vede che a Monreale vanno a caccia con la pistola, Ispettore».

– Tutto qui?

– Dopo la sua morte, sono venuti due ufficiali della Questura: hanno fatto molte domande, hanno indagato su Agnello e se ne sono tornati a Palermo, lasciando il sospetto che l'agente fosse un corrotto. Caso chiuso, mi hanno detto.

– E lo era?

– Corrotto? Tutto è possibile, Commissario. Insomma, non metto la mano sul fuoco per niente e per nessuno. Ma a me non risultava.

– Di cosa si occupava?

– Di niente. Insomma, era in licenza, da qualche giorno.

– E il lavoro?

– Era stato distaccato a Palermo per due anni, ed era appena tornato a Monreale. Lo stesso giorno, aveva chiesto una licenza ed era sparito.

– E a Palermo? Che lavoro faceva, prima di essere riportato a Monreale?

– Lavorava ai Tribunali. Nell'Ufficio del Procuratore del Re. Un incarico amministrativo, di bolli e notifiche. Insomma, accompagnava il vecchio Procuratore.

– In che senso?

– Era armato. Lo accompagnava con una pistola in sacchetta. Le sapeva usare, le armi, Agnello. Insomma, era la guardia del corpo di Diotallevi.

– Capisco. Nient'altro?

– A qualcuno, la storia interessava molto. E interessa ancora.

– Che significa?

– Gli ufficiali sono tornati da poco. Chiedendo pure di La Mantia.

– Dopo la sua scomparsa?

– No, Commissario. Sono venuti prima. Insomma, qualche giorno prima.

L'acquaiolo estrasse l'ampolla d'anice da uno sportello del carretto dipinto di giallo e di rosso, e con pochi gesti asperse i cinque bicchieri di vetro pieni a metà di scaglie di ghiaccio: le gocce lattiginose affondarono lentamente lungo le pareti dei bicchieri, imbiancandoli. L'acquaiolo attese e, alla fine, aggiunse l'acqua fredda.

Il caldo era insopportabile e l'aria così umida che bagnava le camicie sul petto e i calzoni intorno alla cintura.

Bevvero in silenzio, senza nemmeno guardarsi l'un l'altro, gelosi di quel godimento.

Con un segno del capo, l'Ispettore si congedò dall'acquaiolo, porgendogli una moneta.

Il Cavalier Garbo ringraziò e salutò l'Ispettore. Senza una parola, con una forte stretta di mano che sorprese Galvagno, pronto ad un saluto militare.

Il Commissario tenne la bocca rigorosamente chiusa, come se dall'increspatura di un labbro potesse sfuggirgli un commento inappropriato, mentre in testa gli si rigiravano pensieri di ogni genere. Considerò tutti quegli “insomma”, che dicevano dell’imbarazzo del poliziotto: della sua sincerità.

Le cose dettegli dall’Ispettore avrebbero potuto modificare il corso delle indagini, e di ciò avrebbe dovuto parlar subito al Procuratore del Re e al Questore.

Avrebbe: ma se di un Condizionale si trattasse o se invece di un modo Imperativo, e se dovesse solamente prender tempo, evitando di far parola di quelle storie, in attesa di capirci qualcosa... Di ciò, dibatté tra sé e sé sulla strada del ritorno, e con l’aggiunta di molte altre domande.

Per quale misteriosa coincidenza, i due ufficiali della Questura s’erano recati a Monreale a far domande sul La Mantia proprio alla vigilia della sua scomparsa?

Poteva, il La Mantia, aver scelto di fuggire per non dover rispondere di una sua colpa, di un suo crimine?

Se qualcosa era emerso, da indagini disposte internamente dalla Questura a carico del La Mantia, perché non se ne trovava traccia nel fascicolo sulla sua scomparsa?

C’era un nesso tra la morte dell’Agnello e la scomparsa del La Mantia, se ad indagare su di loro erano i medesimi ufficiali?

Se di una fuga, poi, s’era davvero trattato, e non di un rapimento o peggio di un assassinio ben premeditato, portar con sé la moglie stava ad indicare una gran paura: per quel che anche a lei potesse eventualmente accadere.

V

La cena servitagli quella sera alla Focacceria della piazza di San Francesco d'Assisi, restituì il Commissario al mondo: delle pagnottelle di semola, morbide e imperlate di semi di sesamo, con la milza bavosa di strutto e violata dalla ricotta di pecora, delle profumatissime interiora di agnello purificate sulle braci, dei fritti di broccoli, cardoni e melanzane da addentarsi roventi, delle crocchette di patate e delle panelle di ceci color dell'oro, del vino rosso e dell'acqua fresca.

Il pane era gonfio e lievitato a lungo, e nella cannata era un vino di uve alla rinfusa che sapeva di fragole e miele, ed era come se lasciasse un po' di cenere sul palato. Lo assaporò e chiuse gli occhi.

Al Cavalier Garbo, sembrava di rendere omaggio – nella consapevolezza di quelle infrazioni, lontano ricordo del Deuteronomio – al padre che benediceva il cibo e lo consacrava a un Dio dal nome segreto, pronunciato sottovoce da quattro volte quattro generazioni.

Restò al suo tavolino a scrivere, con una matita rossa da falegname trovata per terra, piatta e appuntita, poche righe sul bianco del giornale letto e ripiegato: un esercizio della ragione, riveder le proprie ossessioni trasformate sulla carta in lucide supposizioni e precisi interrogativi.

Scrisse della sua diffidenza per le visite degli ufficiali di Questura a Monreale, dell'ipotetico nesso tra un presunto omicidio ed un presunto duplice rapimento, e del fatto che i due agenti in questione – l'Agnello e il La Mantia – lavorassero entrambi lontano dai loro uffici, distaccati ad altri ruoli e compiti: agenti esperti, capaci di usar le armi e la testa, e finiti male. Aria fritta, avrebbe detto il Questore.

Strappò la prima pagina del suo giornale e la fece in mille pezzi. Svuotò nel bicchiere la brocca del vino, bevve avidamente, sollevò le palpebre appesantite e osservò la basilica di San Francesco d'Assisi: uno scheletro medioevale in un corpo nuovo, grasso e benvestito.

Avevano mostrato, architetti e ingegneri di Palermo, nell'Ottocento, un'idea indolente del passato: avrebbero dovuto esserne medici e guarirne le vesciche, le ferite, e ne erano stati becchini, avendo preferito, alle cure, il belletto e le parrucche di intonaci e stucchi; o le mutilazioni, ed era il caso della via Roma.

Il Cavalier Garbo fece in mille pezzi quei suoi appunti, pagò, e a piedi s'avviò verso il Cassaro, un poco malfermo sulle gambe e sfiorando con la mano destra le mura, le porte e le finestre delle case: per esser certo di trovarle, in caso di necessità, se avesse perso l'equilibrio.

La via dei Cinturinai era fiocamente illuminata da due globi a gas. Gli vennero incontro due uomini, ed egli avvertì un fitto parlottio scender gradualmente di tono, al suo avvicinarsi. Riuscì persino a distinguere qualche parola, nell'alveare del bisbiglio e nel guazzabuglio della sbornia.

Dumani. Pani. E sangu.

Rabbrividì.

I due gli passarono a fianco, guardandolo per un attimo, e continuarono il cammino, come se non esistesse.

Non era successo niente.

Il Cavalier Garbo tirò un sospiro di sollievo e, scuotendo il capo, cancellò l'idea che quei due uomini potessero esser lì per lui: per bastonarlo e rapinarlo, o per ucciderlo.

Sul corso Vittorio Emanuele II, si guardò intorno e non vide alcuno che potesse impensierirlo: nessuno più di altri. Chiunque poteva esser lì per lui. Lazzaroni, marinai, poliziotti, signori.

Due donne di strada gli rivolsero un sorriso interessato, indicandogli una persiana appena accostata su una luce arrossata da un paravento. Il Cavalier Garbo ricambiò, inchinandosi e togliendosi il cappello in un gesto esagerato, clownesco, e solo per caso non terminando lungo disteso sul marciapiede.

VI

Martedì 23 maggio 1911

Il suo stomaco batteva le ore, le mezze e i quarti come un orologio a pendolo di perfido artigianato, senza leve né pulsanti, impossibile da fermare o ricondurre all'esatto ritmo celeste. Annebbiato dal vino, disteso sul suo letto umido, le budella ritorte per la difficile digestione, il Cavalier Garbo pensava assai faticosamente alla sua indagine. Fosse stato un marinaio, si sarebbe detto che stesse attendendo la fine di una tempesta, disteso su un sacco gettato nella stiva, insonne per il mare grosso.

Da mesi, il Commissario s'occupava di piccoli reati senza importanza, del rilascio e del rinnovo di permessi e di licenze e del gran lavoro legato al cinquantenario dell'Unità d'Italia. Avvilito dalle riunioni preparatorie delle solenni celebrazioni – a Palermo, si prevedevano la scopertura di una cinquantina di cippi e targhe e una sfilata militare, riservandosi palchi e padiglioni all'Esposizione Internazionale di Torino –, il Cavalier Garbo ricopiava sempre uguali, cambiando solo il nome e il cognome del detenuto, noiose relazioni per lo Sta bene alla libertà vigilata: era generoso, Vittorio Emanuele III, quell'anno: si diceva perfino di una nuova amnistia generale!

Quella bonaccia primaverile, senza sangue e senza indagini, aveva reso noiosa e interminabile ogni singola giornata: gli uomini s'erano infiacchiti e innervositi come cani tenuti alla catena.

In quella città, tuttavia, ogni dissimulazione, ogni rilassamento dei più maliziosi istinti, era in realtà una rinunzia: i cani dovevano esser lasciati liberi di correre e di stringer l'osso con i denti, di mordersi l'un l'altro e di straziare le carni delle loro prede.

Per la prima volta, il Commissario s'era detto che la colpa di quella sorta di arretramento del fronte, di diserzione collettiva, poteva essere anche sua, del suo fingersi in una città che per miracolo si fosse liberata di assassini e vittime.

I crimini più odiosi, a Palermo, si realizzano in silenzio tra un omicidio ed un altro: le morti violente segnano la soluzione di complesse ostilità sotterranee fra chi comanda, i nuovi equilibri per il dominio dei commerci illeciti. Era proprio nei tempi di quiete che occorreva occuparsi di quelle ostilità e di quei commerci – dei loro artefici, primi motori immobili della città –, se si voleva dare un senso al sangue che di tanto in tanto colava dai marciapiedi.

Al mattino, il Commissario disse al Delegato La Placa che quel caso era da reputarsi una fortuna, offrendoglisi finalmente l'occasione di mostrare a tutti di che pasta erano fatti gli uomini del suo Commissariato: pertanto non sarebbe loro dispiaciuto di lavorarci sopra di giorno e di notte.

Affermazione alquanto insolita, nel tono e nel contenuto, per il Cavaliere: provocatoria, ne dedusse il Delegato. Doveva esser diretta a lui affinché modificasse le sue abitudini; che dormisse di più – intendeva il Commissario – e lasciasse alla moglie le cure dell'irrequieto neonato.

Il Delegato chiese permesso sollevando il dito indice della mano destra e s'allontanò: dalla *toilette*, qualche minuto dopo, tornò con un incerto proponimento, per la famiglia (una cura, un miracolo che acquietasse l'ultimo nato), con uno sguardo appena più vigile, ed era per le indagini, e con la nuca ancora umida, tenuta a lungo sotto il rubinetto per non riassopirsi.

Era pronto ad ogni evenienza, La Placa, e rassegnato a tutto. Quale non fu dunque la sua sorpresa alla notizia che se ne sarebbe subito ritornato a casa, alla Judica, e in abiti civili!

Compiaciuto dell'esito del suo annuncio, il Commissario attese un paio di secondi per illustrare all'incredulo Delegato La Placa i suoi nuovi compiti: egli avrebbe dovuto, dalle sue parti, raccogliere quante più informazioni avesse potuto sul delicato mistero della scomparsa dell'agente La Mantia e della moglie: pure pagando qualcuno! Cifre irrisorie, capiva bene: l'indagine, riguardando un agente scelto di pubblica sicurezza, meritava ogni riguardo, ma la disponibilità di cassa del Commissariato era francamente esigua.

Quanto all'agente Calascibetta, egli avrebbe atteso in ufficio l'arrivo di ogni notizia, a coltivare le poche speranze rimaste di trovar viva quella famiglia.

Poco prima, il Cavalier Garbo aveva fatto diramare un annuncio di ricerca degli scomparsi. Un amico tipografo aveva accettato di stampare, nella notte e su carta da poche lire, un migliaio di copie della fotografia che li ritraeva insieme, marito e moglie, nel giorno del loro matrimonio. La fotografia era accompagnata da un avviso a grandi lettere.

Attenzione

Per Ordine dell'Autorità di P.S.,
a coloro che, nei giorni scorsi,
avessero incontrato gli scomparsi signori
La Mantia Federico e Carmela
e ne ravvisassero le sembianze in questo ritratto,
o avessero delle notizie che potessero ricondurre
al loro ritrovamento,
è fatto obbligo di rivolgersi immediatamente
al Commissariato di Palazzo Montalto.

Nell'intero mandamento del Palazzo Reale, l'avviso sarebbe stato distribuito dall'agente La Vattiata Giovanni a negozianti, osti, trattori, portieri, vetturini e sacerdoti, oltre che a mendicanti, informatori e vigilati speciali.

Il Commissario disse al Delegato che si sarebbe recato ai Tribunali.

Non disse «per conferire con il Procuratore del Re», poiché non era sua intenzione di smuovere quelle acque.

Salutò e s'avviò a piedi verso lo Steri, l'antico Osterio che era stato dei Chiaramonte e poi della Demoniaca Inquisizione.

Passò per piazza Vigliena, per quel Teatro del Sole che, con i suoi tre ordini di divinità romane, re spagnoli e sante palermitane, da solo diceva dell'esistenza di molti e nessun padrone: e dunque, dell'inutilità di dirsi Dei, Re e Santi, dinanzi al martello della Storia.

Imboccò il Cassaro, e dinanzi a sé, in fondo al cammino, vide la Porta Felice, spalancata sul mare. Risalì a destra, per una lievissima china che conduceva alla piazza della Marina.

Respirò le voci e ascoltò gli odori di quella mattina, predisponendosi ad una caccia che sarebbe stata comunque faticosa.

Avrebbe cercato, con ogni possibile discrezione, di avvicinare il Sostituto Procuratore Riccardo Giacosa. Lo conosceva da lunghi anni, e se ne fidava. Era stato il più stretto collaboratore del Procuratore Diotallevi: il solo, probabilmente, del quale il Procuratore non avesse mai dubitato. Attese l'interruzione delle udienze, per il desinare.

Alle una, il giudice lasciò le vecchie carceri spagnole che ora ospitavano la Procura e attraversò il cortile cosparso degli escrementi dei cavalli ricoverati nelle stalle a sinistra. Le guardie a difesa del portone lo ignorarono, continuando a discorrere tra di loro.

Il Cavalier Garbo, appostato al margine della via dei moti del Quattro Aprile, si accodò a lui e, giunto all'ombra del grande ficus, affrettò il passo sino a raggiungerlo.

– Mi chiedevo se non mi steste seguendo – disse il Procuratore, tendendogli la mano.
– No, Eccellenza. O meglio, sì: vi ho atteso e seguito, per la verità. Ma cercavo solo il momento opportuno per incontrarvi fuori del Palazzo.
– Voi siete ancora un nostro ufficiale, mi pare. E non mi reca alcun imbarazzo, incontrarvi.
– Vorrei accompagnarvi a colazione, se vi fa piacere.

In piacevole conversazione sui tempi andati, Garbo e Giacosa attraversarono la piazza della Marina e la sua Villa Garibaldi – cinta dalla cancellata che il suo creatore Giovan Battista Basile diceva di color pulce e che, alla luce del giorno, declinava i suoi rilievi dal bianco al nero ghisa –, e si diressero, lungo il Cassaro, tra passanti e carrozzelle, fino al Dottore del Brodo. Il padrone della trattoria, ed era il Dottore, salutò entrambi con deferenza e li guidò fino ad un tavolo appartato.

Passarono tra commensali silenziosi ed altri accesi dai vini forti, tra i pochi camerieri silenziosi e tutti gli altri rumorosamente allegri. Ad un tavolo, sedevano una donna in abito chiaro e un uomo in divisa, assai più giovane di lei. Lui timido, impettito; lei raggiante.

Al bollito, il Commissario ripose sul piatto il coltello dal manico d'osso e la forchetta, e affrontò la questione che più gli premeva: l'indagine su La Mantia e i dubbi che da quel fascicolo – per la sua singolare composizione, per ciò che vi era e soprattutto per ciò che vi mancava – s'erano ingenerati in lui. Disse anche dell'agente Agnello e della rilevanza dell'opinione dell'Ispettore Galvagno: che fosse stato ucciso intenzionalmente, per via del suo compito precedente la riassegnazione a Monreale.

– Gradite del vino, Cavaliere? – chiese il Sostituto Procuratore, mostrando di voler cambiare argomento.
– Bevo solo a sera, Eccellenza. Vi ringrazio.
– Io ne berrò un poco.
– Dicono che la sostanza rossa faccia bene al cuore, proprio come il sangue nuovo.
– Davvero?
– È vino, ambrosia. Fa gioire, piangere, dimenticare.
– Ma il cuore può dimenticare?
– Non ha scelta. L'oblio è la sola guarigione. Cura divina.
– Conoscevate bene il Procuratore Diotallevi, mi pare.
– È rimasta una conoscenza di natura, per così dire, istituzionale, e di ciò devo dolermi. È persona stimabile.
– Si trova bene, dove vive, a L'Aquila. Mi ha scritto di recente. Ha recuperato la serenità che gli era stata sottratta, e la signora Diotallevi ha potuto sospen-

dere le cure per i suoi nervi scossi. Non è passato molto tempo dal trasferimento. È già un risultato apprezzabile.

– Certamente.

– Non sono stati anni facili, neanche per me.

Il Commissario si sforzò di nascondere la delusione per la piega che aveva preso la conversazione: il Sostituto Procuratore pareva non avere alcuna intenzione di arricchire e decifrare le poche e contradditorie informazioni che gli erano state appena sottoposte; o forse, non ne sapeva ancora abbastanza, della questione.

– L'accusa che gli fu mossa, poi, fu veramente vergognosa – disse invece, d'improvviso.

Sua Eccellenza Giacosa doveva riferirsi alle impreviste conseguenze di una denuncia formulata dal Procuratore Diotallevi al Ministro di Grazia, Giustizia e Culti, Camillo Finocchiaro Aprile.

Un attentato con fini di strage e di omicidio – aveva scritto il Procuratore – era stato messo in opera contro di lui per mezzo di petrolio e di fascine di rami secchi posti dinanzi alla porta e sotto le finestre dell'antico casale della Piana dei Colli: «Gli assassini hanno provato a bruciar viva la mia famiglia, fingendo un incendio occasionale».

La faccenda era stata tenuta nascosta, almeno in un primo tempo: non era bene si sapesse che s'era attentato alla vita di un magistrato.

Il Ministro, palermitano, aveva ricevuto in casa sua, riservatamente, il Procuratore, ma, di quel colloquio, qualcosa infine s'era risaputo. Dell'attentato, anzitutto.

Si disse, nei salotti cittadini, che le fascine, bagnate fradice di petrolio, erano state coperte di terra e letame e così rese inoffensive, sicché il fuoco non avrebbe mai potuto generarsi e diffondersi. Un giornale – quando la falla aveva oramai allagato le stive, essendo la notizia inopinatamente divenuta di dominio pubblico – giunse a congetturare, con scarni giri di parole, che non di un attentato fallito si trattasse bensì di una messinscena ad esclusivo beneficio della vittima.

Un'indagine fu comunque avviata dalla Questura, e assegnata a due ufficiali.

– Le risultanze furono secretate – aggiunse il Procuratore Giacosa.

– Mi stupì che delle indagini su una vicenda così grave potessero ritorcersi sulla vittima – rispose il Cavalier Garbo.

– Furono condotte nella massima segretezza, quelle indagini, e su incarico diretto del governo. Dissero che il petrolio era stato reso inoffensivo per mezzo di terra e sterco, e solo dopo questa particolare preparazione, le fascine erano state accostate alle pareti e agli infissi, e che, per di più, il legno era ancor verde: umido perché appena tagliato, e non successivamente inumidito. A comprovare la recitazione, fu pure indicato uno dei possibili attori: un agente di pubblica sicurezza che aveva prestato servizio alle dipendenze del Procuratore. Ma Sua Eccellenza chiese di non procedere oltre, per ragioni personali; di considerare l'accaduto un incidente e di non adottare alcuna precauzione, limitandosi a un semplice trasferimento: il suo. Nessuna sanzione per l'agente. Silenzio assoluto su quell'inchiesta. E questa consegna valeva anche per i suoi più stretti collaboratori.

Serrò le mascelle, il Sostituto Procuratore, osservando il piatto da portata e riflettendo sulla sua infrazione di quella consegna al silenzio. Il Commissario gli porse dell'altro bollito, che Giacosa accompagnò alla mostarda di olio d'oliva, senape, uova dure, prezzemolo, capperi e cetrioli.

– Comprese che il tempo era giunto, che avrebbe dovuto prendere atto della situazione venuta a determinarsi. Diede le dimissioni dall'incarico a Palermo e chiese d'esser trasferito altrove. Indicò L'Aquila, la città natale della moglie. Non si fidava di quelle indagini, caro Cavaliere, e ne accettò lo sviamento, la falsa direzione. Aveva completa fiducia, invece, nell'uomo che era stato accusato, e a suo parere ingiustamente; nell'uomo che aveva salvato la sua famiglia.

Il Commissario capì.

– Quell'uomo era la sua guardia del corpo: Giuseppe Agnello – azzardò.

Il Procuratore Giacosa non rispose, non subito. Alzò lo sguardo, e ricambiò con un breve movimento del capo il saluto che gli proveniva da un tavolo poco distante, quello al quale sedevano la donna e il giovane ufficiale.

– Sì, Cavaliere, era lui – rispose infine. E aggiunse: – Non so altro.
– È più di quel che mi attendessi di sapere. Solo, se mi è consentito, vorrei conoscere il vostro parere su un certo aspetto della questione – e il tono esitante del Commissario ne rivelò l'imbarazzo: il dubbio era di delicatissima natura, ed egli temeva fosse giudicata inopportuna la sua richiesta di chiarimento.
– Dite liberamente – rispose il Procuratore.
– Mi riferisco alla presunta messinscena. Si disse che il Procuratore Diotallevi potesse aver ordito questa trama per ottenere una pubblica tutela del Ministro, dopo le polemiche seguite alla sua indagine sulle Società Anonime.
– Si disse pure di peggio: che egli avesse agito per risentimento personale nei confronti del Marchese Luigi Gianlombardo e del Commendator Virgilio Sagana, che stavano dietro alle Società.
– Pensate che quell'inchiesta fosse stata condotta in modo imparziale?
– Vedete, se fosse vero ciò che conclusero i due zelanti investigatori, avrei dovuto perdere ogni considerazione di un superiore che ho stimato un galantuomo, per avervi lavorato a stretto contatto e per molti anni. Avrei dovuto perdere pure un po' d'amor proprio, per non essermi reso conto per tempo della pochezza dell'uomo, oltre che del magistrato.

– Voi non avete cambiato opinione.

– Diciamo, caro Cavaliere, che non me la sono sentita di barattare la mia opinione per la gratitudine di un... sistema, diciamo così.

Il Commissario non aggiunse nulla, se non silenzio a silenzio. E il suo silenzio era uguale al silenzio dell'altro. Non chiese di sapere a quale sistema il suo interlocutore si riferisse. Eppure, esso doveva esser così potente da indurre un alto magistrato alla fuga ed un altro ad abbandonare ogni idea di giustizia.

– La fiducia, io, l'ho smarrita molto tempo fa – disse Giacosa, leggendogli nel pensiero. – Vedete quella donna?

– Sì, l'ho notata entrando.

– La conoscete?

– No.

– È mia moglie, e quell'ufficiale, quell'uomo, è mio figlio. Viviamo separati da vent'anni, io e lei, eppure ci rivediamo ogni giorno, a questi stessi tavoli. Mio figlio ha vent'anni. Non mi conosce. Io l'ho visto crescere, senza mai prenderlo tra le braccia una sola volta. Mi sono occupato di entrambi. Per non far mancar loro nulla. Senza la gioia di un sorriso, di un abbraccio...

– Che cosa è successo? – chiese il Cavaliere, e subito si pentì della domanda.

Il Sostituto Procuratore Giacosa lo guardò negli occhi, forse stupito della sua impertinenza, o forse, al contrario, confortato dal suo interesse. E rispose.

– La Procura ordinò l'arresto di mio suocero, per bancarotta fraudolenta. E la notte stessa, lui morì in cella. S'impiccò per la vergogna, e il dispiacere. Mia moglie mi lasciò senza una parola. Perché io non l'avevo impedito. Non avevo nemmeno avvertito suo padre, di quell'indagine. Del suo arresto imminente.

VII

Il Cavalier Eugenio Garbo e Sua Eccellenza Riccardo Giacosa si salutarono gravemente – consapevoli che ogni pur esilissimo filo di quella vicenda era annodato ad altri fili e quelli ad altri ancora, in una trama infinita che, come un velo funebre, da secoli avvolgeva l'intera città – e presero direzioni diverse: a destra il Procuratore, verso Porta Felice; a sinistra il Commissario, verso Porta Nuova.

Il sole fendeva la città, dritto sul corso Vittorio Emanuele II, e dal mare non spirava un alito di vento. L'aria s'era fatta immobile e impietosa.

Dopo il commiato, il Cavalier Garbo fece pochi passi e si fermò, senza più forze, per il caldo che gli opprimeva il petto e per la delicatezza delle notizie ricevute. Ciò che non aveva potuto leggere nel fascicolo dell'assegnazione dell'inchiesta, era da ritenersi noto al Procuratore del Re e per sua stessa scelta riservato: ma fino a che punto la pubblica sicurezza avrebbe potuto mantenersi in quella presunzione d'ignoranza?

Si voleva un'archiviazione, era evidente.

Il Commissario si voltò giusto in tempo per vedere quella donna salutare il figlio con un bacio sul capo. Era ancora bella, pur se aveva passato i quarant'anni: alta e snella, aveva i capelli rossi raccolti sulla nuca e degli occhi verdi luminosi e profondi. Lei si volse verso di lui, verso l'uomo visto poco prima con il marito. Lo osservò, curiosa, per un secondo, poi attraversò la strada e infilò l'entrata dell'antico palazzo di fronte. Il portiere la salutò levandosi il berretto e spingendo un'anta del pesante portone di legno, per farle spazio. Doveva esser la sua casa. La casa che era stata di Giacosa.

Il Cavaliere avvertì una certa inquietudine, e non sapeva se per quella storia o per quella donna o per l'esser precipitato in fondo ad un'indagine molto pericolosa. Rincalzò la paglietta fuori moda, alzò una mano e fermò una carrozza intravista a fatica nel vapore di quella luce troppo intensa, piegando un poco il capo; attese che si fermasse del tutto, salì faticosamente sul predellino e chiese al vetturale di sollevare il mantice, per ripararsi dal sole. L'uomo obbedì malvolentieri: scese dal suo sedile con un saltello stanco, un greve raschio di gola e uno sputo, ma quando vide il passeggero e in lui riconobbe il Commissario Garbo, istantaneamente ogni segno di sprezzo scomparve, e gli s'avvicinò con il capo chino e il cappello in mano.

– Eccellenza, io vi sono devotissimo come a Santo Pietro. Sono sempre fortunato, ad incontrarvi. Dove vi posso portare? In capo al mondo, se volete.

Pure il Cavaliere lo riconobbe: era un assassino. Nino Ferrante, detto lo Scecco – l'asino –, per la mole sproporzionata e il carattere ostinato.

Egli stesso l'aveva arrestato e condotto in carcere.

Al processo, l'uomo era stato condannato per l'omicidio del cognato: un uomo violento, che aveva ridotto in fin di vita la moglie, sorella minore del vetturale.

Ferrante l'aveva strangolato a mani nude, in pieno giorno, al mercato della Vucciria, dinanzi alla sorella priva di sensi e a decine di persone, nessuna delle quali aveva accettato di testimoniare contro di lui, in Questura e men che meno al processo. Ma Ferrante aveva confessato senza esitazioni – «Sono stato io ad ammazzarlo» – e per ciò aveva rischiato vent'anni di segrete. Ne aveva scontati solo cinque, invece, e in cella: per merito del Commissario, che aveva riferito delle testimonianze sulle continue torture inflitte alla donna dal marito: testimonianze senza firma, rilasciate dai *vuccirioti* solo su precisa assicurazione d'anonimità.

– Quando sei uscito, Ferrante?

– Dieci domeniche sono passate.

– Come sta tua sorella?

– Non ci vede da un occhio, ma ora ha un figlio e un marito che le vogliono bene.

– Grazie a te.

– Commissario, quello l'avrebbe ammazzata.

– Lo so.

– Dove volete andare?

– In via Maqueda. Accompagnami a casa, e poi al Commissariato.

Il Cavaliere – per quella via che per gli Spagnoli era «*la firme*» di una cittadina del *Toledo*, la fermezza di *Maqueda* dinanzi ai musulmani che invadevano il Regno, e per gli ebrei era la rovina, *Maqqedah* – lo guidò fino al vicolo della *Meschìta*; per cinque minuti, si distese sul letto di casa disfatto da giorni e chiuse gli occhi, e in quel breve lasso provò a fermare cuore e cervello per liberarsi dell'affanno, senza riuscirvi. Poi, tenne per qualche secondo il viso nell'acqua ancora tiepida della bacinella e si massaggiò delicatamente le tempie e la nuca, come se potesse sciogliere quel grumo di inquietudine e paura che s'era formato nel corso delle ultime ore.

S'asciugò, indossò una camicia pulita, si rivestì e ridiscese le scale fino alla strada. Ferrante nettava il cavallo, immobile, chiazzato di un sudore burroso e maleodorante.

– È vecchio, il cavallo.
– Sono più vecchio io, Eccellenza.
– Ora possiamo andare in Commissariato. Piano, però.

Il cocchiere obbedì: giunsero a Palazzo Montalto in un lieve dondolìo appena incrinato dai colpi delle alte ruote ferrate sulle buche e sulle fenditure tra una balàta e l'altra. Lo scudiscio non aveva mai smesso di accarezzare i fianchi del cavallo, a sostenerne l'andatura.

Quando si trattò di pagare, il Cavaliere dovette insistere, e pagò più del dovuto: suggerì, però, a Ferrante, di pensare al futuro: metà di quei soldi avrebbe dovuto metterli da parte, insieme alla metà di tutti i suoi guadagni, per far bistecche di quel cavallo e procurarsene uno nuovo.

Il vetturale si congedò camminando all'indietro come in chiesa dinanzi al Cristo in Croce.

Calascibetta, osservando la scena dall'alto di una finestra del Commissariato, si grattò stupito la fronte con un dito, capendo ben poco di quel che vedeva: il Cavalier Garbo era arrivato in carrozza con un brutto ceffo che ora s'inchinava al suo cospetto e solo dopo molte rimostranze accettava del denaro.

S'era predisposto a dire al Commissario, non appena fosse tornato, delle sue congetture su due lettere recapitategli da mani sconosciute, ma dal viso ombroso e dalla stanchezza inestinguibile di quegli, intuì che avrebbe dovuto usare parole semplici e andar subito al punto, dichiarando quale delle due gli fosse sembrata autentica, e sensata.

Il Commissario lo anticipò.

– Calascibetta!
– Agli ordini.
– Vieni con me.

Lo condusse nella sua stanza e gli chiese di sedersi, indicandogli la sedia con la mano destra spalancata.

– Per favore.

Calascibetta obbedì poiché era nella sua indole di obbedire, ma avvertì il disagio dell'esser così familiarmente trattato da un superiore, forse ad un passo dal ricevere una confidenza che avrebbe giudicato eccessiva, per nulla opportuna.

– Ascoltami bene. Poniamo il caso che io ti chieda – e a titolo di personale cortesia, bada – di accompagnarmi, d'ora in poi, e di dormire non qui ma nella mia casa, armato, per qualche tempo, ad aver cura che nessuno possa attentare alla mia vita. Accetteresti? Non posso incaricartene formalmente. Dovrei denunciare qualcosa di preciso. Un fatto, una circostanza. Ho paura che tra qualche tempo le nostre indagini ci condurranno a un gran pericolo, ma non ne ho alcuna prova. Dimmi sinceramente. Nessuno ti obbliga ad accettare, ma non devi parlare a nessuno di quel che ti ho appena detto.

Non aveva niente da denunciare, il Cavaliere: né fatti né ipotesi, mancando i primi e abbondando le seconde. Solo da queste ultime, però, dalle ipotesi, era da temersi il pericolo; dalle conseguenze del loro concreto tradursi in indagini, prove ed arresti. Non più di quel poco che aveva detto, dunque, era da dirsi, e neanche l'eventualità di un rifiuto l'avrebbe indotto a rivelare le sue congetture.

Ma figurandosi il travaglio di Calascibetta e dicendosi che aveva pur diritto a sapere delle ragioni del suo sacrificio, il Commissario Garbo accennò alla morte di un agente, a Monreale – nel quale s'era imbattuto indagando sulla scomparsa di La Mantia, i due essendo forse a conoscenza di una vicenda molto grave –, e svelò che la morte dell'agente – il nome non lo fece –, era in verità un omicidio e non un semplice incidente di caccia.

Calascibetta non riusciva ad aprir bocca; continuava a fissare il Commissario con occhi preoccupati, attenti, e la sua pareva la reazione di chi si trova messo alle strette, dovendo scegliere tra due alternative spiacevoli: prender parte ad una guerra contro un nemico sconosciuto, oppure abbandonare, tradire, nel fuoco della battaglia, un uomo che gli si era onestamente affidato.

Rispose che avrebbe accettato.

– Io devo aiutarvi, Cavaliere –. Esitò e aggiunse: – Voi rischiate di far la fine dell'Agnello.

Il Commissario raggelò. Fu lui a rimaner senza parole, stavolta. Come faceva Calascibetta a conoscere quel nome? Agnello!

– Abbiamo ricevuto due lettere anonime, poco fa. Non erano indirizzate a voi personalmente, ma all'ufficio, e le abbiamo lette. Una diceva che l'agente La Mantia e la moglie erano stati caricati di notte su un carretto e portati alla Conceria, dov'erano spariti, e che era meglio cercar tra i morti imbalsamati delle catacombe cappuccine che tra gli ammazzati del cimitero di San Martino delle Scale: quei morti, insomma, non si troveranno mai.

– Ho capito, Calascibetta. Vai avanti.

– L'altra diceva che voi, Commissario, avreste dovuto scegliere: se finire appeso in eterno tra frati e baroni, o se far la fine dell'Agnello. Scritto in maiuscolo, e dunque era di una persona che si stava parlando. Di una persona assassinata, a significare: statevene tranquillo.

Far la fine dell'Agnello non era da riferirsi, e inspiegabilmente, alla morte di Nostro Signore, bensì ad un omicidio terreno e senz'immediata resurrezione. Dai capienti archivi della sua ordinatissima memoria, Calascibetta aveva riesumato il nome di un agente di pubblica sicurezza morto nelle campagne del monrealese, ufficialmente per l'accidentale fucilata di un cacciatore di frodo – Agnello Giuseppe, sepolto al cimitero di San Martino delle Scale –, e aveva seguito la sua intuizione come un segugio dopo aver fiutato la preda.

Viste quelle lettere e ingoiata la conferma dei suoi più oscuri timori, il Commissario informò Calascibetta: Agnello Giuseppe era stato ucciso intenzionalmente, e la medesima delicata vicenda che aveva determinato la sua morte e la misteriosa sparizione dell'agente La Mantia e della moglie, ora metteva in pericolo lui e forse degli altri, in quel piccolo Commissariato.

Seppero, così, i due poliziotti, di aver superato la barricata e di trovarsi al centro esatto di un fuoco incrociato: fra il tiro che gli era nemico, innanzi a loro, e il tiro che avrebbe dovuto esser loro amico, e si trovava alle loro spalle.

Il Commissario aprì un cassetto della sua scrivania e ne trasse una grossa scatola di latta decorata che, a giudicare dalle immagini e dalle scritte, un tempo aveva contenuto dei pasticcini alle mandorle e ai pistacchi: la pose al centro della scrivania e faticosamente ne sollevò il coperchio arrugginito. Dentro, avvolto in una pezza cosparsa d'olio vecchio, c'era un revolver fuori ordinanza: un grosso Remington Police del 1890, con un anello ovale sotto il calcio di legno; una Colt 45, dono di un poliziotto italo-americano venuto a morire a Palermo, due anni prima: la consegnò a Calascibetta, insieme a una manciata di proiettili, e gli disse di rimetterla in funzione.

– Ripuliscila, e caricala.

A sera, il Commissario invitò Calascibetta a cenare con lui in una piccola trattoria casalinga di piazza Bologni, al piano terreno di un antico palazzo nobiliare. Fece uno sforzo sovrumano per non pensare a ciò che l'affliggeva, alle minacce e alla pistola. Lungo la strada, all'agente di scorta chiese della sua famiglia. Del padre, anch'egli poliziotto. E della madre, morta un giorno dopo il padre.

Scelse un tavolo all'interno del locale, lontano dalla porta. Chiese del pane, dei formaggi, del bollito e due cannate da mezzo litro di vino bianco, per spegnere l'arsura. Calascibetta fu lieto di condividerne altre due.

VIII

Mercoledì 24 maggio 1911

Sopravvisse, il Commissario, ad un'altra notte insonne, spianata da un ragionare convulso e senza linfa più che dal vino cattivo e dal respiro pesante di Calascibetta, la quercia che aveva messo radici su un vecchio materasso di lana steso per terra.

Alle prime luci del mattino, il Cavalier Garbo – carico di pensieri, roso dall'ansia e da una furia inspiegabile – era ben deciso a non arretrare di un passo, nemmeno dinanzi alle minacce: avrebbe scoperto cos'era accaduto a La Mantia e di quale segreto, di quale condanna, lui e la moglie avessero pagato il fio.

Sarebbe partito da quella traccia – fosse pur labilissima: una lettera anonima – che conduceva alla Conceria, a quella piazza Venezia nata dalla demolizione dell'antico quartiere di pellai e sulla quale ancora s'affacciavano alcune botteghe di conciatori, guantai e cinturinai.

Era passato fin troppo tempo e non poteva perderne altro. Si diresse al Commissariato, radunò i ventidue uomini assegnatigli e ordinò loro d'interrogare gli artigiani e di perquisirne le botteghe, alla ricerca di qualsiasi indizio che potesse ricondurne uno, almeno uno, agli scomparsi. L'avrebbero inquisito, inchiodato, finché non avesse confessato ogni cosa.

– Gettate tutto all'aria – concluse, furibondo.

Esitarono, gli uomini, presagendo l'esito sciagurato di un attacco su un fronte troppo vasto. Il Commissario, fuori di sé, rivolse loro uno sguardo di fuoco, stringendo la mandibola e irrigidendo i muscoli del viso. Due fecero per alzarsi, sfiduciati, ma subito risedettero: come se alle spalle del Cavalier Garbo si fosse improvvisamente incarnato un fantasma.

La porta si era aperta senza un rumore. Il Delegato La Placa, comparso in vesti civili, disse al Commissario di aver qualcosa da comunicargli. Quegli fece segno agli uomini di non muoversi e a La Placa di accompagnarlo nella sua stanza. L'agente Calascibetta li seguì.

– Non so ancora nulla, ma ho detto e ascoltato, in giro – fece La Placa. – Qualcosa accadrà, e presto, da qui a qualche giorno. Aspettiamo, Commissario. Trattenete gli uomini: potrebbero servire.

– Abbiamo ricevuto due lettere anonime – lo aggiornò Garbo. – Una ci consiglia di farci i fatti nostri, se non intendiamo finire sparati, e l'altra dice che l'agente La Mantia e la moglie sono stati fatti scomparire: alla Conceria, di notte.

– Non so chi le abbia spedite, ma posso immaginare da dove – rispose il Delegato.

– Dalla tua Judica – fece pronto il Commissario. – Si vede che non hanno perso tempo.

– Se sono morti alla Conceria, c'è un uomo che dobbiamo interpellare subito – disse La Placa.

– Lazzarino – esclamò Calascibetta, dalla memoria prodigiosa.

– Che significa, Calascibetta? – chiese il Commissario, ormai arresosi all'evidenza: quell'agente era un Archimede nel corpo di un Ercole.

– È un pellaio – rispose l'Asso. – Lavora di mannaia e di coltelli. Scanna tutto quel che gli capita per le mani. Ha due condanne e ha già scontato dieci anni di galera: per furti e grassazioni. Lo arrestò il Commissario Andolina, prima che voi lo rimpiazzaste.

– Un uomo della mafia – soggiunse il Delegato La Placa, colpito anch'egli dalla sveltezza dell'agente Calascibetta. – Non teme nulla. Se io dovessi chiedere a qualcuno di far sparire qualcun altro, lo chiederei a lui: anche se da anni sta molto attento a non farsi arrestare.

Il Commissario si guardò intorno: quei due, La Placa e Calascibetta, lo spingevano a veder le cose sotto una nuova luce. Cinque minuti prima – per reazione violenta e irragionevole a una minaccia –, stava per spedire tutto il suo esercito a seminare il panico contro un sol uomo senza volto, lo sconosciuto al quale erano stati consegnati i La Mantia, e con l'inconfessata certezza di mancarlo. Ora, i suoi sottoposti gli stavano mostrando la via giusta.

Provò a tener loro testa, per consuetudine gerarchica.

– Questo Lazzarino ci dirà che non sa niente. E se sa qualcosa, avvertirà chi di dovere che lo stiamo cercando.

– Eppure, ha un punto debole – fece La Placa.

– Eccoli qui, Achille con il suo tallone e Paride con la sua freccia.

– Non ho capito, Cavaliere.

– Cose vecchie, La Placa. Fai finta di niente.

– Lazzarino ha paura delle stanze piccole e chiuse.

– Si chiama claustrofobia. È una malattia della mente – chiarì il Commissario.

– Chiudetelo in una stanza per un'ora, da solo, e lo ritroverà in lacrime come un bambino – aggiunse La Placa. – Fu persuaso così, prima dei suoi processi: accettò di confessare e fu condannato.

– Sembra troppo facile – obiettò Calascibetta.

– È un uomo crudele, Lazzarino. Ucciderebbe sua madre a randellate. Ma una stanza chiusa e buia lo terrorizza. Non si capisce il perché – fece La Placa.

– Forse per la stessa ragione per la quale ucciderebbe sua madre a randellate: il piacere e il dolore, il bene e il male, si confondono, si scambiano il posto – disse il Commissario, il quale si dilettava di talune stravaganti teorie sull'intelletto.

– Che significa? – si arrese La Placa.

– Niente, fesserie. Andate a prenderlo, e portatemelo qui.

– Se l'arrestassimo, daremmo l'allarme all'intero quartiere. Potremmo andare noi a trovarlo, e chiuderlo accidentalmente in uno stanzino. Parlerà subito, prima di mettersi a piangere e a urlare: di rivelare a tutti che è una femminuccia. Uno così, piuttosto, si fa sparare.

– Calascibetta.

– Agli ordini, Commissario.

– Gli ordini sono revocati. Dì agli uomini che tornino ai loro incarichi, a portata di fischietto: aprano bene le orecchie, per strada. Due di loro, resteranno qui, di sorveglianza. E tu, accompagna il Delegato.

Si ritrovò solo nel suo ufficio, con un agente nella stanza accanto e un piantone da basso, gli altri nuovamente destinati ai loro servizi ordinari.

Era legittimo aver paura, si disse il Cavalier Garbo, e lui era un uomo come tutti gli altri. Lo era meno, anzi, di tutti gli altri. Non gli restavano che la vita e il lavoro, avendo lasciato che per via si smarrisse il resto: una moglie, due figli, la casa, la rispettabilità.

Il vino era giunto poco prima della separazione, alla notizia che Lucia aveva rimediato alla solitudine con un amante: un uomo ricco e di buon carattere che s'era detto pronto a prendersi cura dei bambini.

Avevano civilmente concordato, con Lucia, che li avrebbe rivisti – Sara e Paolo – per due volte all'anno, non di più. Sarebbe stato consultato solo per le decisioni più importanti.

Gli ultimi incontri, però, erano stati freddi e dolorosi. Gli occhi: sfuggenti e colpevoli, quelli di Lucia; bassi e vergognosi, quelli di Sara e Paolo.

Aveva lasciato il suo appartamento e venduto mobili e libri, conservando solo le lenzuola, un lavabo e una caraffa di smalto, una poltrona di vecchio cuoio, la Torah e pochi altri volumi.

Non riuscendo a liberarsi del vino, s'era detto che ne avrebbe usato con metodo. La sera, a cena: un bicchiere dopo l'altro, fino ad ubriacarsi, con moderazione, e a spegnere i ricordi e il dolore.

Al giorno, la notte avrebbe restituito un Commissario capace e onorevole.

Ora, però, quella paura metteva a rischio ogni cosa: l'aveva reso cieco, inducendolo a un errore che fatalmente, se Calascibetta e La Placa non l'avessero fermato per tempo, avrebbe compromesso le indagini.

Quattro ore dopo, i due poliziotti erano di ritorno. I volti cupi dicevano del timore di una fine terribile dell'agente scelto La Mantia e della moglie. Il Commissario non s'era fatte illusioni, al riguardo.

Aveva raccontato, Lazzarino – terrorizzato dal buio pesto dello stanzino in cui era stato legato e abbandonato, e più ancora dalle conseguenze della sua inevitabile confessione –, di esser stato complice del loro rapimento.

I due erano stati prelevati dalla loro casa con l'inganno e condotti in un luogo sicuro: lui, diceva, li aveva custoditi per qualche ora. Poi, i rapitori, due sconosciuti, erano tornati a prenderli.

La Placa e Calascibetta avevano minacciato di incarcerarlo, di seppellirlo in una segreta, se non avesse confessato ogni cosa, ma Lazzarino aveva giurato di non sapere altro di quei due.

Sapeva solo che era stato ben pagato, per il suo lavoro, con il danaro e soprattutto con il tenergli salva la vita. Aveva un sospetto – e così terribile che, nel riferirne, s'era pisciato addosso, in quello stanzino, piangendo e farfugliando suoni inarticolati –: che i due rapitori fossero dei poliziotti, o qualcosa di simile.

Al Commissario, il Delegato e l'agente dissero che non credevano a Lazzarino ma non avrebbero saputo altro, da lui: neanche tagliandogli una mano, nemmeno trasferendolo nella camera di sicurezza del Commissariato nella più piccola cella senza luci in fondo ai più fetidi sotterranei dell'Ucciardone; se di qualcosa, pur nella sua condizione, aveva già taciuto, niente avrebbe potuto impedirgli di tacere ancora.

Il Commissario si figurò l'orrore di quel che poteva essere accaduto: i due rapiti nascosti su un carro, forse in due sacchi di juta, uccisi per strangolamento, senza alcuna pietà; i loro corpi macellati nelle vasche di Lazzarino, i resti gettati nel vecchio pozzo che era la discarica dei pellai, il sangue disperso nel reticolo di fogne e corsi d'acqua sotterranei che dai lavori per la nuova via Roma erano stati deviati, frantumati, interrati.

Non vi era alcuna speranza di trovar prove, pensò il Commissario. Nient'altro che brani di carni e pelli dov'erano solo carni e pelli, e penetranti odori di putrefazione, disfacimento e venefiche esalazioni.

La scelta di farli sparire nella sua bottega, doveva riconoscerlo, era stata ingegnosa. O forse, era proprio lì che regolarmente finivano tanti degli scomparsi, per vecchia consuetudine.

– Chi li ha ammazzati? – si chiese.

Quella lunga notte era cominciata nella casa dei La Mantia – in via del Collegio Giusino – e da lì sarebbe stato necessario ripartire. L'avrebbe fatto l'indomani, con il primo raggio di sole.

IX

Giovedì 25 maggio 1911

Al mattino, giunse a destinazione un'altra lettera, ed era la terza.

Se le intimidazioni provenivano da quella palude nella quale sguazzavano i falsi buoni e i veri cattivi di tempi così eroici, questa, pensò il Commissario, era la reazione alla sua ultima mossa, il fermo di Lazzarino. Qualcosa era trapelata, nonostante le cautele.

La lettera, come le precedenti, non recava firma né indirizzo: era scritta malamente e a caratteri maiuscoli. Lo stampatello diceva di indagini da chiudere in nulla, subito e per superiori interessi. Il tono era sgraziato; il comando, perentorio: burocratico.

Il fuoco veniva dalla sua parte.

Il Cavaliere si risolse a lasciare il Commissariato, e con Calascibetta al fianco attraversò il corso Vittorio Emanuele II. Servirono pochi passi per ritrovarsi al Collegio di Maria al Giusino e, subito dopo, dinanzi ad una stecca di case ancora bianche di calce: abitate da impiegati di infimo livello, ai due piani superiori, e da piccoli artigiani, ai bassi.

Si figurò l'attesa degli assassini nella piccola piazzetta che si apriva come un'ansa sul lato destro di quel misero rigagnolo di case.

Osservò le persiane slabbrate di gesso nell'imprimitura verde oliva, sulle botteghe spalancate di un fabbro, di un tappezziere, di un falegname, di un robivecchi: quest'ultimo doveva esser l'uomo che era stato arrestato per essersi fermato con un carretto dinanzi al suo magazzino, e subito dopo rilasciato.

C'era anche una stalla. Il Commissario vide tre vacche da latte, una lunga mangiatoia di legno addossata ad un muro e, su un angolo, un cumulo di foraggio, secchi e forconi. Per terra, uno spesso tappeto di erbacce e letame. L'odore era insopportabile.

Calascibetta bussò alle porte degli alloggi e solo in due risposero. Il Cavalier Garbo entrò nelle due case e con fare gentile ottenne subito le informazioni che cercava, poiché si trattava di gente di buon animo.

Intorno alle quattro, dissero, essi avevano udito due o tre colpi secchi.

– Di pistola? – chiese il Commissario.

Stivali contro il legno di una porta, aveva risposto una vecchia, che sapeva di vita militare, per esser vedova di un maresciallo del Regio Esercito. Ed altro ancora aveva sentito, dopo i colpi.

La voce alta di La Mantia, a tu per tu: «Che vuoi?».
La risposta, di un uomo giovane: «Vi dobbiamo portare via».
Un'altra cosa, aveva aggiunto quella stessa voce: una cosa che finiva con «ezza».
Sicurezza, ipotizzò il Commissario.

«Vi dobbiamo portare via. Sicurezza». O forse, Pubblica Sicurezza.

Quel «vi dobbiamo», inoltre, per il Cavalier Garbo, non era da considerarsi un *pluralis maiestatis* rivolto per rispetto al solo agente: a parer suo, si riferiva ad entrambi: a La Mantia e alla moglie, ed era stato detto a tu per tu ad un poliziotto che – per anni, sotto mentite spoglie – aveva indagato sulla mafia, e che proprio per ragioni di sicurezza era da due mesi confinato in casa: era stato detto dunque da persone conosciute: da altri poliziotti, forse.
Sicurezza era ciò che mancava, in quella casa, e ciò che doveva esser garantito ai due con quel trasferirli altrove, in piena notte – con azione fulminea, brutale –, per sottrarli alla vendetta della mafia.
Era una trappola, invece.

La vecchia, Cacciatore Rosalia vedova di Salemi Gioacchino, era la proprietaria della casa fittata dai La Mantia: ne conservava una chiave, ma non era certo di quella che si erano serviti i poliziotti già venuti ad interrogarla: avevano preferito buttar giù la porta, e lei aveva dovuto pagare un uomo di fatica per ripararla. Diede la chiave al Commissario e lo invitò a visitare le due stanze.

I La Mantia erano stati rapiti e uccisi – pur se ciò non risultava dalle carte dell'inchiesta –, e la loro casa, affittata con mobili e biancheria, era stata restituita al legittimo possesso della locatrice. La sua, si disse il Cavaliere, non sarebbe stata una perquisizione illecita, pur mancando un mandato della Procura, poiché era stata autorizzata dalla proprietaria. Se avesse trovato qualcosa, nessun avvocaticchio avrebbe potuto giuocarsi quella carta e invalidar le prove. Ma la perquisizione non sortì alcun frutto.

– Non ho toccato nulla – disse la vecchia.

La casa era intatta: i La Mantia non avevano nemmeno rifatto i letti, ma avevano svuotato il solo armadio per un viaggio terribile e senza ritorno. Non avevano lasciato una calza, un fazzoletto, un foglio di carta. Il solo vero indizio era il nulla che s'erano lasciati alle spalle. Era una casa di passaggio, e i due – o i tre, rifletté amaro il Commissario, se davvero la donna era incinta – l'avevano abbandonata d'improvviso: per un'altra casa, pensavano.

Finita la ricerca tra le case, l'intuito e il Caso guidarono il Cavalier Garbo non al Commissariato ma alla stalla, dove egli ottenne le informazioni che non avrebbe mai cercato.

Un uomo di cinquant'anni, con indosso una canottiera e dei pantaloni di velluto impiastrati, era seduto su uno sgabello, a riparare una cannata di terracotta con del fil di ferro e dell'argilla.

– Buongiorno. Posso entrare?

– Se siete uno sbirro, volete sapere dell'altro sbirro – disse quello, radiografandolo da capo a piedi con una sola guardata.

– Possiamo parlare?

– Quello che volete – rispose, sollevando le spalle.

– Voi sapete qualcosa che mi volete dire? Del poliziotto, dico. Di quella notte.

– Io vendo il latte. Lo porto nelle case – replicò, senza neanche uno sguardo.

– E parlate, nelle case.

– Poco.

– Ascoltate, allora.

– La gente parla.

– Il ragazzo è scomparso con la moglie: aspettavano un bambino.

– Disgrazia su disgrazia – sussurrò l'uomo, rotto ad ogni sventura.

– Avete sentito qualcosa che mi può essere utile?

– Una mattina – disse, dopo qualche istante di silenzio.

– Cosa?

– Gli portavo il latte: la porta della cucina era sempre aperta. Una mattina l'ho sentita che piangeva, nella sua stanza, e diceva al marito che se ne dovevano andare via, subito: che l'avevano messo in mezzo.

– Nient'altro?

– Lui faceva voci che aveva sbagliato a raccontarle tutto.

– E poi?

– Me ne sono andato.

– Altre volte l'avevate sentita piangere?

– La sentivano tutti. Piangeva sempre – disse, guardando finalmente il Commissario dritto negli occhi.

«Dopo di ciò, a causa di ciò», dicevano i romani. Niente era accaduto per caso. La Mantia doveva esser stato ucciso con la moglie dopo essersi confidato con lei. Doveva averle rivelato qualcosa di terribile, che Carmela non aveva retto. Erano stati uditi i suoi pianti e le liti con il marito. Il bimbo in arrivo poteva aver reso più fragili i suoi nervi.

Il Cavaliere ringraziò quell'uomo e gli strinse la mano. Si ritrovò qualcosa sul palmo. «Ho trovato questo, nel mio carretto, quando se ne sono andati», gli disse il lattaio. Un pezzetto di ferro, un inutile rottame, parve al Commissario che lo prese e ringraziò, dubitando della salute mentale dell'uomo.

Lungo la strada, il Cavaliere tirò fuori dalla tasca quel frammento per una specie d'intuizione, e s'avvide che era il resto di un proiettile già sparato, e che era di due colori diversi: due metalli: lucido acciaio sulla punta e piombo scuro sul cilindro schiacciato. Lo mostrò a Calascibetta. Doveva esser uno dei proiettili sparati in aria o contro un muro da un ufficiale d'ispezione o da un agente della pubblica sicurezza quando l'uomo s'era messo di traverso, per strada: e, per un caso, era ricaduto sul suo carretto.

Ripensò a quel che gli aveva detto Galvagno, a Monreale, sul proiettile che aveva ucciso Agnello, e non dubitò che quello fosse dello stesso calibro.

Non poteva dimostrare che a spararli fosse stata la stessa arma. Difficilissimo, però, sostenere il contrario. Quanti a Palermo potevano disporre di simili gingilli?, e poteva darsi il caso che ben due esperti di balistica, e per di più all'insaputa l'uno dell'altro, fossero coinvolti nell'omicidio e nella sparizione di due agenti di pubblica sicurezza?

Tenne per sé le sue considerazioni. Quel proiettile, decise di conservarlo in un cassetto della sua scrivania, chiuso a chiave.

In Commissariato, La Placa gli riferì di quel poco che aveva saputo sul conto di La Mantia: non era solo sbirro, ma uomo di campagna; la moglie voleva convincerlo a lasciar tutto e a partire per il Sud America: gli italiani coltivavano la terra e allevavano gli animali, in Argentina, e servivano braccia forti e giovani.

La Mantia era nato e cresciuto a Campofranco, rifletté il Commissario, ad alta voce.

– A Campofranco, capite?

Era anche questo che lo accomunava a quell'Agnello, non solo l'esser poliziotto a Monreale: la campagna, piuttosto, e il saperne di terra e di fuoco.

Sembrava che potesse precorrerne i pensieri, La Placa. Era stato alla Judica, e subito dopo – disse –, in Questura. Aveva raccolto delle informazioni anche lì. Lo disse con gli occhi bassi, consapevoli.

I due agenti erano degli esperti esploratori, figli uno di un contadino e uno di una guardia forestale; ed entrambi, non il solo La Mantia, avevano chiesto ed ottenuto d'esser trasferiti all'Ufficio I del Regio Esercito: volevano diventare delle spie.

– Poniamo il caso – disse allora il Commissario – che La Mantia avesse ritirato quella domanda di trasferimento, in conseguenza della morte violenta di un amico o foss'anche d'un semplice conoscente, l'agente Agnello, al quale era legato dalla comune aspirazione per la carriera di spia e magari pure da qualcos'altro: fatti che noi non conosciamo... – E qui il Commissario pensò ai proiettili, che non avrebbe citato in alcun verbale: per non finire in un roveto di sospetti, e per la debolezza di un indizio tecnico, non circostanziale. – Forse aveva accettato la proposta della moglie: emigrare in un altro continente, per lasciarsi tutto alle spalle.

– Forse aveva pensato di dare le dimissioni.

– Forse le aveva già date.

– Può essere, può darsi... – rispose il Delegato, imbarazzato dall'affacciarsi imprevisto di un'ipotesi solo teorica, non suffragata da alcuna prova: una lettera, una testimonianza... – Ma come facciamo a sapere se è andata così?

– Quante sono le compagnie di navigazione per il Sud America? – deviò il Commissario, bruscamente.

Il Delegato s'illuminò, per l'intuizione, e parendogli che quella breve conversazione gli avesse restituito un po' di fiducia nel suo capo e nel corpo della Pubblica Sicurezza. Prese il berretto e fece per congedarsi, dicendo che avrebbe consultato i registri delle prenotazioni per il Sud America.

Calascibetta intervenne in modo appropriato alla sua omniscienza: le compagnie con sedi a Palermo erano la Florio e Sicula-Americana; per mezzo di rappresentanze, operavano pure la Rubattino e la Veloce, che collegavano all'Argentina altri porti italiani.

Il Cavaliere osservò La Placa e Calascibetta, tradendo un certo compiacimento per quel moderno miscuglio poliziesco di ragionamenti deduttivi, esami scientifici e ricerche sul campo. Durò un istante, poi riprese un'espressione severa e disse: – La seduta è tolta.

X

Venerdì 26 maggio 1911

Andò come doveva: La Placa confermò che due biglietti di viaggio a nome di La Mantia Federico e Verso Carmela erano stati emessi, per il 18 maggio.

Se erano ancora vivi, i due, dopo essersi imbarcati, alla Cala, insieme ad un migliaio di emigranti e ad alcune decine di tonnellate di povere masserizie, si trovavano su un bastimento diretto a Buenos Aires.

Due settimane di navigazione. Due settimane per cambiar vita.

Ma tutti i venti, le correnti e le onde del Mar Mediterraneo e dell'Oceano Atlantico non avrebbero garantito quel che alcuni sconosciuti andavano cercando: non la sicurezza del poliziotto e della moglie, beninteso, ma un segreto da lasciar coperto ad ogni costo, anche sacrificando due persone che potevano squarciare il velo.

Sarebbe bastata una semplice lettera anonima, infatti, un memoriale a discarico spedito da una qualsiasi città del mondo, a precipitare ogni cosa nel disordine, nel caos.

Federico La Mantia era pur sempre uno sbirro, e di rara specie: avrebbe potuto lasciarsi condizionare da quello strano istinto autodistruttivo che prende il nome di onestà.

Ai due biglietti, però, non corrispondeva la trascrizione dell'imbarco sui registri. Accadeva spesso, disse La Placa, che gli addetti trascurassero di prender nota di chi saliva a bordo.

– A chi interessa dei siciliani che partono? Li portano a New York, e li riconoscono. Tu puoi entrare e tu no. Due righe in bianco non provano niente, Commissario.

– Niente, La Placa – disse il Cavalier Garbo, che in cuor suo non aveva mai abbandonato l'idea che fossero stati uccisi.

Il Commissario decise d'incontrare nuovamente Sua Eccellenza Giacosa: lo attese dinanzi al Dottore del Brodo, ed egli, puntuale, pochi minuti dopo le una, svoltò sul Cassaro, con un'andatura lenta, reggendo una borsa ed un bastone da infermo. Sembrava invecchiato, il Sostituto Procuratore, il viso tirato in una smorfia dolorosa che, alla sua vista, s'allungò in un sorriso nervoso.

– Buongiorno, Eccellenza.

– Buongiorno a voi, Commissario. Ha delle novità da raccontarmi, intuisco. Sapevo che sareste tornato a cercarmi. Vi aspettavo da tre giorni, oramai.

– Sono stati giorni difficili.
– Volete pranzare con me?
– Mi farebbe piacere.
– Non mi è accaduto nulla di grave – disse Giacosa, cogliendo uno sguardo e ancora una volta precorrendo i pensieri del Commissario. – Solo una vecchia frattura alla gamba che, di tanto in tanto, riappare, a tormentarmi. Una caduta da cavallo.

Si fecero strada tra gli ospiti, e il Commissario riconobbe la donna: da sola, stavolta. Il figlio, se lo figurò al suo Reggimento o partito per chissà quale destinazione.

Sedettero al solito tavolo, in permanenza riservato al Procuratore, ripetendo le ordinazioni della volta precedente.

Il Commissario esaurì in fretta l'aggiornamento sulle indagini e con il sostituto collimò i diversi frammenti della vita degli agenti uccisi in un meccanismo investigativo mancante alla fine di un solo decisivo ingranaggio. Rispondendo ad una domanda – a quale riservatissimo servizio, di polizia o spionaggio, i due erano stati assegnati, di recente? –, l'ingranaggio avrebbe funzionato ed essi avrebbero potuto rispondere anche alle domande successive: perché erano stati rapiti, o uccisi, e da chi?

– Non sono io la persona giusta, Commissario. Non credo di potervi aiutare.
– Forse potrebbe aiutarmi Sua Eccellenza. Son disposto a partire subito, e a raggiungere il Procuratore Diotallevi a L'Aquila.

– Gli arrechereste un dispiacere: pure se sono certo che proverebbe ad aiutarvi in ogni modo. Il Procuratore ha cercato di dimenticare l'attentato, di lasciarsi alle spalle le dicerie e la solitudine venute dopo. È come se fosse morta una parte di quell'uomo.

– Credo sia così che vada: se cercano di uccidervi, muore una parte di voi.

– Muore quell'idea di voi che avete coltivato per una vita intera: l'idea della vostra inviolabilità, della sacralità del vostro mondo: con i vostri pensieri, i vostri sentimenti, i vostri ricordi.

– È quel che succede.

– La moglie ha molto sofferto.

– Eccellenza – disse il Commissario, con tono appena più deciso –, ho bisogno di saper qualcosa di più della sua inchiesta.

– Siete molto risoluto.

– Con lui, gli assassini hanno fallito. Ma sono morte tre persone, dopo.

– Siate prudente.

Il Commissario rivide una smorfia di dolore sul viso del Sostituto Procuratore, che questa volta gli parve da attribuirsi all'oggetto della conversazione e non all'antica frattura della gamba. Si scusò e si allontanò, in cerca della *toilette*. Per riflettere, in realtà.

Non si poteva ottenere altro. E quel che aveva saputo era già tanto. Agli occhi di chi lo aveva minacciato, almeno.

Tornò al tavolo qualche minuto dopo e annunciò, con

un cenno del capo, di voler lasciare il pranzo, per aver superato il limite della buona creanza, ma Giacosa lo trattenne, poggiandogli la mano destra sul braccio.

– Sono io che devo andar via. Voi restate. Tenete questa, siate prudente, e accadrà l'inevitabile.

Lasciò la sua borsa sulla sedia, perché il Commissario potesse prenderla prima di andar via. Il Cavaliere non cedette all'impulso di prenderla e di veder subito cosa contenesse. Terminò il suo pranzo in uno stato di profondo disagio, per quel che aveva chiesto e per quel che aveva ascoltato: a detta del Sostituto Procuratore Giacosa, infatti, l'attentato al Procuratore Diotallevi era stato evitato dalla prontezza di giudizio di Agnello e La Mantia. La rapidità con la quale era stato impedito al fuoco di propagarsi indicava infatti che all'opera s'erano messi degli esperti, capaci di usare il poco a disposizione per evitare un disastro: conoscevano i boschi, e le tecniche di contenimento degli incendi; ed altri, prima di loro, ne conoscevano di rapido innesco.

I due non avevano scelto d'impedire l'attentato frapponendosi apertamente, ciò che avrebbe comportato delle pericolose conseguenze, ma erano comunque riusciti a render del tutto inoffensivi quei fastelli che avrebbero dovuto prima soffocare e poi incenerire il Procuratore Diotallevi e la moglie.

Agnello, dunque, così come La Mantia, era dalla parte del bene e non del male.

I legami tra i due agenti, includendovi pure la familiarità con boschi e campagne, lasciavano pensare che i due agissero insieme, ed era possibile che già operassero per il servizio segreto del Regio Esercito. Ma di ciò difficilmente si sarebbe trovata conferma ufficiale.

I primi sospetti investigativi sulle responsabilità dell'attentato, tuttavia, erano caduti, e forse non a caso, sull'agente Agnello, il quale non aveva fatto nulla per discolparsi: l'uomo era leale e mai avrebbe tradito la fiducia del Procuratore Diotallevi con il rivelare ciò che era stato taciuto.

Il Sostituto Procuratore Giacosa aveva rimesso insieme con chiarezza quel che da giorni disordinatamente si agitava nella mente del Cavalier Garbo: pure di ciò il Commissario gli era riconoscente.

Prese la borsa, la aprì appena e vide che conteneva un grosso fascicolo. La richiuse immediatamente.

Uscendo, il Cavalier Garbo vide la donna sul marciapiedi opposto: sembrava osservare la strada e il susseguirsi di carrozze e passanti. Lei gli diede le spalle ed infilò l'entrata. Il portone rimase aperto. Il portiere doveva essersi assentato, quel giorno. O forse era il suo giorno libero.

Avrebbe voluto entrare, il Cavalier Garbo. Seguirla, fermarla, dirle: perché non avete perdonato vostro marito?

Udì una voce. Si voltò appena e, al suo fianco, riconobbe Calascibetta.

– Come hai fatto a trovarmi? – chiese il Commissario, fingendosi sorpreso.

– Ma io non vi avevo mai perso di vista – rispose l'agente, e quel che aggiunse, sorprese davvero il Commissario. – Vi ho seguito a distanza e vi ho atteso qui fuori. Fanno così, in Gran Bretagna, le scorte armate: agiscono con discrezione.

Seguito da Calascibetta, il Cavaliere dimenticò i cattivi pensieri di qualche istante prima. Si diresse al suo ufficio, stese in tre ore una puntuale relazione sulle indagini, la ricopiò, mise al sicuro l'originale, ripiegò tre volte la copia e la inserì in una busta che affrancò e conservò nella tasca interna della giacca. Non si sincerò che la sua ombra fosse pronta a seguirlo, ma volle metterla alla prova, dirigendosi alle scale, per il Cassaro.

Poco prima delle sei del pomeriggio, l'ora dell'ultimo svuotamento quotidiano della cassetta postale di piazza Bologni, fece scivolare la sua busta nella cassetta, che non perse di vista fino all'arrivo della carrozza delle Poste Reali.

Calascibetta lo seguiva a poca distanza. Tornarono insieme.

A casa, il Cavalier Garbo ripensò a quelle carte e alle ultime parole di Giacosa, prima di andar via: «Siate prudente», aveva detto, e infine: «Accadrà l'inevitabile».

Il Commissario sciolse con cura i nodi che tenevano stretto il fascicolo e si trovò dinanzi all'esito ultimo dell'indagine del Procuratore Diotallevi sulle società anonime di mutuo soccorso, la mafia e alcuni politicanti. Diresse la luce della lampada su quei fogli bene ordinati – un centinaio, rilegati, e quattro cartelle d'allegati –, e cominciò a leggere.

Dalla Sicilia agli Stati Uniti e al Sud America, andavano e venivano fiumi di soldi. Milioni e milioni di lire. I ricatti e le estorsioni che si praticavano oramai ovunque tra Monreale e Palermo, la compravendita di terre e immobili sottratti con false volture e violenze d'ogni genere ai legittimi proprietari, finanziavano da anni la deportazione oltre oceano degli abitanti di interi quartieri e paesi del palermitano, e i prestiti ai migranti nelle due Americhe fruttavano un cospicuo interesse.

Tutto era cominciato con il taglio di via Roma: con il Piano Giarrusso.

XI

Nel 1894, Palermo aveva individuato il modo più sanguinoso per disfarsi del suo ventre e delle sue dolenti interiora, abbattendo antichi palazzi a picconate e con essi le mura dello Stazzone e dell'Itria, il giardino all'Olivella, le chiese di Santa Rosalia e dei Pollieri, delle Raccomandate, di San Vincenzo Ferreri e quella di San Nicolò degli Scalzi con il suo oratorio, e pure quel che palazzi e chiese avevano nascosto per secoli: gli antichi quartieri arabi ed ebraici, i resti della città bizantina, le tavole, i macelli, i mercati e le officine, già feriti a morte dalla furia spagnola nella seconda metà del Cinquecento, con il primo grande sventramento e il disegno della Gran Croce formata dal Cassaro – o Toledo, poi corso Vittorio Emanuele II – e dalla via di Maqueda.

Subito dopo l'approvazione del Piano di risanamento e ampliamento di Felice Giarrusso, ebbero inizio le demolizioni e gli sconciamenti, per tracciare un presuntuoso *boulevard* a fianco della linea dell'acqua, fra le montagne e il mare, al prezzo insopportabile della deportazione d'intere popolazioni e della riduzione in macerie di migliaia d'anni di storia.

Quell'incursione edilizia esigeva molto denaro e pochi scrupoli, pure nel rinnegare la promessa di case popolari per gli sfollati dalle vecchie case.

Servivano dei professionisti, abili nelle arti del ricatto e dell'illecito, e vi era chi rispondeva precisamente a questi requisiti.

Chi fuggì dalla mafia, finì tra le braccia della mafia. Nelle Americhe – cacciati, deportati, esiliati – finirono artigiani e membri bene ascoltati delle corporazioni, restii ad accettare la fine del loro mondo e talora d'indole socialisteggiante: negli Stati Uniti, molti divennero facile preda della Mano Nera.

La realizzazione delle due prime *tranches* dell'opera era terminata in scandalo: il rettilineo perfetto era mutato in linea curva, rigonfia verso il mare, apposta per far lievitare il prezzo di certe case. Una speculazione mascherata da errore architettonico. Puniti pochi e a poca pena per poche responsabilità da una commissione d'inchiesta guidata dal Sindaco che doveva esserne giudicato, si guardava al resto. La terza parte dell'opera era iniziata nel 1908.

Si poteva ben comprendere quali fossero i reali interessi in gioco, se solo si poneva mente alle decine o centinaia di milioni di lire già al sicuro in alcuni conti bancari o ancora da incassare. Lire necessarie ad assicurare lunghi anni di lavori: pubblici, e pertanto controllabili dai pubblici rappresentanti.

Interessati ad ottener commesse secondarie per quei lavori, erano anche dei mafiosi e talune insospettate personalità civili: il Procuratore Diotallevi citava esplicitamente il Commendator Virgilio Sagana, ricco imprenditore, e il Marchese Luigi Gianlombardo, proprietario di cave e deputato del Regno per il partito del Presidente del Consiglio, quel Giovanni Giolitti che un libro aveva appena ribattezzato il Ministro della Malavita e che era succeduto a Francesco Crispi: al nipote di un arrendatore, un possessore di rendite di Ribera, don Ciccio, sfiorato e mai colpito da mille indagini e sospetti di malversazione.

Si anticipavano nuovi arresti, dopo i dodici con i quali s'erano colpite figure invero del tutto insignificanti, a compiacere le altissime autorità intervenute per evitare uno scandalo: semplici impiegati delle società anonime, prestanomi e campieri.

Occorreva alzare il tiro, adesso, scriveva Diotallevi di proprio pugno: passar dai figuranti ai primattori. Su ventidue persone, erano già gravi indizi di colpevolezza.

Poco prima di mezzanotte, il Cavaliere avvertì un colpo leggero, come di una pietruzza caduta sul pavimento: era passata dalla finestra, ed era quella del bagno, aperta come il solito per far passare un po' d'aria. Un altro colpo, e ancora uno. Si levò e si affacciò sul cortile sottostante. Vide un uomo fargli dei segni che dicevano: Sono qui, devo parlarle.

Calascibetta prese la sua arma e accompagnò il Commissario all'ingresso, di sotto.

– Buonanotte. Siete voi il Commissario Garbo?

– Chi siete?

– Avete qualcosa da restituire? – gli disse quello. – Sono un servitore dell'uomo con il quale avete diviso il pranzo. Vorrebbe indietro quel che ha dimenticato.

Il Cavalier Garbo restituì il fascicolo. Stette al brogliaccio di quella recita e disse, con tono mortificato: – Porgete le mie scuse a Sua Eccellenza per non aver potuto restituirlo subito, di persona, ma è stata una giornata difficile. Mi ero ripromesso di farlo domattina.

XI

Sabato 27 maggio 1911

Il Cavaliere aveva diligentemente preso degli appunti, scorrendo con l'indice della mano sinistra il testo accusatorio e compulsando gli allegati, che fra l'altro includevano le indagini di La Mantia. Il suo riepilogo gli avrebbe consentito di tener memoria del fascicolo: in quello, tra i nomi di perfetti sconosciuti, aristocratici e titolati vecchi e nuovi, spiccava il Presidente del Consiglio, nella forma di capopartito e dunque di alto protettore del Marchese Gianlombardo: era anche Ministro degli Interni, pensò il Commissario, e dunque capo della polizia e suo diretto superiore.

A questo si riferiva Giacosa: al pericolo che derivava dall'essersi avvicinati così tanto al potere, e alla prudenza che suggeriva di allontanarsene in fretta.

Ricopiò i suoi appunti su un foglio da protocollo e, così come aveva già fatto con la prima relazione investigativa, mise al sicuro l'originale e ne imbustò una copia per spedirla al medesimo indirizzo. Poi, scrisse una lettera, con la quale chiedeva formale udienza al Procuratore del Re, Benedetto Castrogiovanni, dovendo comunicare delle prime importanti conclusioni circa l'inchiesta assegnatagli.

A Sua Eccellenza, naturalmente, intendeva riferire della sola parte delle indagini che non si ricollegava immediatamente a quel che aveva condotto all'attentato e alle dimissioni di Diotallevi. Come se si trattasse di indagini differenti, tra di esse separate.

Si mise all'opera e, per iscritto, tracciò un'autentica strategia di guerra, degna di Quinto Fabio Massimo, il Temporeggiatore.

Al primo punto, era l'inquadramento della figura dell'agente scomparso, il poliziotto scelto La Mantia Federico. «*Di rare capacità investigative, mostrate appieno nelle indagini sulla mafia monrealese, egli era stato rapito con la moglie, Verso Carmela, messa a parte del contenuto delle indagini del marito per via di certe lettere anonime giunte nelle sue mani e rinvenute nella loro abitazione*». A quelle lettere, avrebbe provveduto più tardi, scrivendole lui stesso. Neanche un cenno ai biglietti di viaggio per Buenos Aires.

Al secondo punto, era trattata la vicenda dell'agente Agnello Giuseppe, «*ucciso forse per vendetta dalla cosca mafiosa in questione, la quale poteva esser venuta a conoscenza delle indagini condotte dalla Procura del Re a carico di suoi affiliati o sodali: l'Agnello – ucciso intenzionalmente e non per accidenti, come da relazione inviata a suo tempo dall'Ispettore Galvagno*», il contenuto della quale era adesso da riconsiderarsi – poteva esser stato considerato un obiettivo facile, e il suo vecchio incarico, al fianco del Procuratore del Re, S.E. Diotallevi, poteva esser la chiave giusta per decrittare il senso di quell'omicidio: un avvertimento mafioso.

Al terzo punto, infine, Garbo espose il suo pensiero ufficiale circa il possibile intendimento della mafia monrealese di travalicare i ristretti confini della cittadina e di espandersi in direzione di Palermo: *«un disegno alquanto temerario»*, e fatalmente in grado d'innescare una guerra sanguinosa quanto inarrestabile con le famiglie mafiose di Porta Nuova e del centro della città.

In apparenza, dunque, nulla legava l'indagine su due sparizioni e un omicidio al fallito attentato contro il Procuratore Diotallevi e alla ricognizione ordinata da quest'ultimo su eventuali relazioni delle Società Anonime con la mafia. Ma se dalle attività d'indagine fosse incidentalmente emerso un qualunque collegamento, il Commissario sarebbe stato legittimato ad approfondirne ogni aspetto.

Restavano le lettere anonime, che la moglie di La Mantia non aveva mai ricevuto: quei puntelli necessari alla sua strategia di temporeggiamento, il Commissario li avrebbe fabbricati quella stessa mattina; e sarebbe stato il suo ultimo compito casalingo, prima di recarsi in piazza Bologni – ad imbucare la missiva con gli appunti su quel che poteva dedursi dalla lettura delle carte di Giacosa – e al Commissariato: per non osservare il sabato, da ebreo converso. Da marrano.

Quanto alla convalida in arresto del fermo di Lazzarino, essa avrebbe preso ancora un po' di tempo. Non c'era alcuna fretta. Avrebbe giocato a carte coperte: doveva esser prudente. Il giorno prima, il Sostituto Procuratore Giacosa gli aveva riferito dei molti spifferi che avevano attraversato le antiche mura della Procura, allo Steri: e che gli spifferi perdurassero, era cosa certa.

Il Cavalier Garbo nutriva più di un dubbio sulle ragioni che avevano indotto alla scelta di sostituire Diotallevi con Castrogiovanni: si chiedeva se si dovesse alla fedeltà del secondo ai nemici del primo o alla sua comprovata indolenza nelle cose di giustizia, se fosse un mascalzone o piuttosto un imbelle.

Castrogiovanni pareva interessato a condurre a termine la sua carriera con un seggio o una prebenda, per il suo amor proprio e non per usarne a sproposito, e tutto ciò – a suo giudizio – nel pubblico interesse. Agiva di conseguenza. E più frequentemente, non agiva.

Il Procuratore Diotallevi, invece, era rimasto a lungo stretto d'assedio nel suo stesso ufficio, mancando del tutto d'ambizione e di circospezione. Virtù essenziali alla sopravvivenza, a Palermo, dove chi punta in alto, è bene attento a strisciare, ad osservare ogni cosa dal basso.

Questa volta, il Procuratore Castrogiovanni o qualcuno tra i suoi sostituti, cancellieri e impiegati, avrebbe riferito a chi di dovere della pochezza del Commissario Garbo, del suo ristretto orizzonte e dell'insignificanza delle sue indagini. Proprio quel che il Commissario voleva: apparire del tutto inoffensivo. Ne avrebbero parlato, e riso apertamente, a cena, con le loro mogli: i politici, i giudici, i banchieri, i giornalisti. Era quella, la mafia. Il Potere. Il guardiano, più del lupo. E il Commissario sapeva di essere la pecora.

Il Cavalier Garbo passò per il Cassaro – sempre lasciandosi Calascibetta sulla coda –, imbucò la lettera, attese l'arrivo della carrozza delle Poste Reali per il primo svuotamento mattutino della cassetta e si diresse di filato al Commissariato, donde fece partire un corriere per i Tribunali con la sua richiesta di udienza urgente al Procuratore del Re. Passò ancora qualche ora al Commissariato, a rileggere vecchi atti e incartamenti: tessere di un mosaico ora ricostruito quasi per intero. Nel pomeriggio, si diresse al Comando del Regio Esercito, per incontrarvi Fabrizio Martinelli, un antico commilitone che aveva fatto carriera, fino a dirigere gli uffici di casermaggio dell'intera Regione militare. «Posto strategico e all'ombra», diceva il suo amico.

Il Cavaliere sedette, conversò amabilmente del passato e del presente, del lavoro del Colonnello e del suo unico figlio: Luigi, ventiquattro anni, ufficiale e assistente del Ministro degli Esteri, il Marchese di San Giuliano. Sorseggiò del latte di mandorla e, poco prima d'andar via, già sulla soglia del suo ufficio, chiese: – Mi hanno affidato un'indagine su un poliziotto. Hai buoni rapporti con l'Ufficio I?

I rapporti erano ottimi, sicché il Commissario formulò il suo quesito e l'amico preannunciò una risposta precisa e in tempi brevissimi.

XIII

Il Commissario riconobbe nel suo amico un eroe, e gli eroi, nella sua segreta tripartizione in tre categorie dell'umanità, precedevano gli sconfitti e i vincitori.

Eroi, erano i rari sopravvissuti a questa città, capaci come Ulisse di raggirare il nemico, di andare in battaglia e di tornare a casa, sia pure al prezzo di un temporaneo esilio (e la casa era pur sempre Palermo, nemica ai suoi figli migliori).

I molti che cedevano, invece, per vanità di cose terrene, e s'affiliavano ai potenti, o che restavano sospesi in un purgatorio di incertezze, di paure, o che finivano dimenticati o uccisi: costoro erano tutti egualmente sconfitti.

I peggiori, erano i pochi vincitori. Grassatori, ricattatori, assassini.

Martinelli era ancora vivo. Il Cavaliere si chiese come si potesse sopravvivere dopo aver trascorso così tanti anni in un mare di insidie, tranelli, allettamenti: proprio come Ulisse. Lo osservò, in quell'istante che precedeva il saluto: gioviale, pacificato dall'avere ancora una famiglia: un figlio, essendo rimasto vedovo molti anni prima.

Si sentì stanco, il Cavalier Garbo, sotto il peso dei suoi molti errori. Quell'indagine era solo l'ultimo. La consapevolezza d'inoltrarsi in un territorio infido, nel quale le responsabilità morali si confondevano e le ragioni e i torti divenivano concetti peggio che astratti – distinzioni ostili al pratico condursi della cosa pubblica, e minacciose per l'intera comunità –, lo aveva prosciugato di ogni linfa e reso sterile, spento.

Si era chiesto più volte se non fosse suo dovere fermarsi, per sé e per i suoi figli, e sempre aveva dissolto ogni ragionamento in un recesso oscuro della sua mente, per concludere che doveva andare avanti: per il desiderio ostinato di certi uomini di sventrare le pance gonfie di quei cadaveri che, abitualmente, chiamiamo verità: materia putrescente, inutile, poiché riguarda sempre il passato, mai il futuro.

Incapace di un passo, il Cavaliere esitò a ritirare la sua mano dalla stretta sicura dell'amico. Si svelò, in un attimo di esitazione, in uno sguardo disarmato.

Se ne avvide, Martinelli, e lo sostenne, quasi, stringendogli il braccio, e gli chiese di restare con lui, per la sera. Aveva terminato il suo lavoro, e avrebbero potuto andare insieme a cena. Il Cavaliere non rifiutò, e gli fu grato di quel pensiero.

Non si trattava di un ristorante, però, e lo seppe per strada, quando, oltrepassato il ricordo di Porta Maqueda, l'ingresso occidentale dell'antica città, scorse il gran corpo del Teatro Massimo steso sulle macerie e sui fantasmi di vecchie chiese e monasteri. La grande scalinata, i due leoni, e quel cilindro che conteneva ori, affreschi e velluti. Martinelli glielo indicò, e gli disse: – Stasera, amico mio, ti invito all'Opera.

Martinelli era uomo di molti amori, e tra di essi, vi erano la musica, la danza, il teatro. Quella sera, davano un'opera di Richard Wagner. Garbo lesse quel titolo in tedesco, *Götterdämmerung*, e Martinelli gli fece il favore di tradurglielo: *Il Crepuscolo degli Dei*. Subito, non richiesto di farlo, gli raccontò una storia, intricatissima, di superbia e inganni: di un anello conteso, e di un Paradiso degli Dei, il Walhalla, dato alle fiamme, dopo la morte di due innamorati, Sigfrido e Brunilde; del filo del Destino rotto per sempre.

L'uomo che aveva creato quel capolavoro, Richard Wagner, trent'anni prima era stato a Palermo, e Martinelli, giovanissimo ufficiale, era stato incaricato di vegliare sulla sua sicurezza. Prima, al *Grand Hotel et des Palmes*. Poi, tra la Villa Tasca e la Villa Porrazzi dei Gangi.

Wagner soffriva di dolori al petto, e il medico gli aveva prescritto di respirare aria buona e calda. Per l'aristocrazia palermitana, l'arrivo del maestro tedesco sarebbe rimasto nella storia, superato solo dalla visita del Kaiser Guglielmo II, nel 1904. Gli fecero festa, gli offrirono case e ville e lo invitarono nei loro salotti. Lo sfinirono di tè all'inglese, pasticcini e vino dolce di Marsala.

Wagner li ricompensò con un concerto di tre ore, servendo un gran numero di portate indigeribili, temi popolari e dissonanze: un inferno con tanto di fiamme, tuoni e lampi; e quando fu certo di averli annientati, offrì loro un bis dell'intero concerto.

Martinelli e Garbo entrarono da un portone laterale e, attraverso delle scale e dei corridoi, finirono direttamente in un palco riservato, senza incontrare anima viva. Nessuno dei due indossava gli abiti giusti. Martinelli non era certo andato lì per mostrarsi, bensì per ascoltare e osservare.

Dall'alto del suo seggiolone di velluto rosso, l'amico indicava al Commissario, con discrezione e cercando di restare nell'ombra, i bei nomi che sedevano in platea o occupavano il primo ordine di palchi. Principi, duchi, marchesi, conti e baroni in gran numero. Ed infine, una lunga teoria di commendatori, in certi casi riveriti come e più di squattrinati nobili di sangue: per la loro sfrontatezza e per il contante che aveva procurato loro il titolo.

– Certe signore indossano vestiti che non possono permettersi, Eugenio. Sete trasparenti, perle e paillette che arrivano da Parigi e costano più del mio stipendio. Firmano cambiali e atti di vendita della loro storia. Stasera, poi, non hanno idea di quello che le aspetta. Quattro ore di musica. Senza scampo.

La moda orientale era appena arrivata a Palermo, con le sue forme essenziali, e stava scalzando quella dei *couturiers* locali che da anni ripetevano le volute e gli ornati parigini.

C'erano un vestito rosso che celebrava il rosso garibaldino, e un altro nero trafitto di pietre verdi, bianche e rosse, a celebrare il cinquantenario; un abito strettissimo di un turchese acceso e infiorato sul petto, che disegnava una sorta di S con il corpo magro prediletto dai figurinisti. Le donne portavano delle acconciature alte sul collo, rette da cordicelle e nastri, e le scollature mostravano le spalle e i seni ingioiellati.

Le luci gialle e calde, sui velluti scarlatti e gli stucchi dorati, sgranavano in quadri viventi le immagini di una città che amava dissipare e si mostrava migliore di quel che era davvero: che amava ripetersi d'essere europea, finalmente, sfuggita all'aria marcescente dei feudi e al grano fradicio del sudore dei *massàri*.

L'Opera non era ancora cominciata, e la lunga attesa era il momento più importante della serata, al quale nessuno avrebbe rinunciato.

Il Commissario fu strappato a quello spettacolo da due colpi secchi, vibrati su una porta diversa da quella dalla quale egli era entrato. La porta si aprì ed entrò un cameriere con un carrello. Seguì subito un altro cameriere con una sorta di trespolo che, in pochi istanti, fu trasformato in un tavolino, ricoperto di una tovaglia bianca e imbandito di cibi freddi e bevande: uova e carni, verdure e formaggi, una torta salata di ricotta, pani piccolissimi e incrostati di minuscoli semi di sesamo, due bottiglie di vino bianco affogate in un secchio ricolmo di ghiaccio. In silenzio, così com'erano entrati, i due camerieri uscirono.

Il Commissario osservò quel ben di Dio che non emanava alcun odore, e decise che qualcosa, più tardi, avrebbe mangiato.

Gli parve che quel trattamento, quel privilegio, tutto quel lusso, non s'addicessero ad un semplice ufficiale addetto al casermaggio: che Fabrizio Martinelli dovesse rivestire un ruolo ben più importante nell'Esercito, pur se invisibile, indicibile, e si pentì della sua richiesta d'informazioni sull'Ufficio I. Ripensò alle parole di Martinelli sul suo incarico: «Posto strategico e all'ombra». Diede uno sguardo al suo amico, e fu rassicurato dallo sguardo che ne ricevette in cambio.

Cominciò a leggere il programma che aveva trovato sulla sedia, stampato in caratteri adatti alla serata: medievali, fiammeggianti.

Una lettera del Sovrintendente al *magnifico pubblico* del Teatro diceva anzitutto di Richard Wagner, che a Palermo aveva completato il Terzo atto del *Parsifal.* Il Sommo lavorava al mattino e al pomeriggio, alternando la composizione a lunghe passeggiate e al riposo.

«Frequentava l'aristocrazia, e ne era riamato».

Lesse della storia di quell'opera e, nei suoi versi impietosi, intravide il richiamo a un passato severo quanto il presente, per la volontà di potenza dei prussiani in quel difficile trapasso storico.

Poi, le luci tremarono, e fu il segnale che da lì a qualche minuto lo spettacolo avrebbe avuto inizio. Gli uomini sciolsero i conciliaboli e si diressero verso i posti assegnati, distribuirono gli ultimi sorrisi e con larghi gesti indicarono la strada alle signore che si attardavano.

La luce tremò ancora e si spense, di anello in anello, dall'alto della grande sala verso il basso. Vi furono un lungo istante buio e un rumore secco d'ingranaggi che spaventarono Garbo: gli parve preludessero allo spalancarsi di un precipizio in luogo di quel palcoscenico che incombeva sulla platea. I riflettori gettarono una luce rossastra sulla scena svelata dal rapido schiudersi delle tende. Una caverna nella quale si aggiravano uomini e donne vestiti di pelli.

I fatti si susseguirono spaventosi, e la musica ardeva nel suo petto come se dovesse ucciderlo. La promessa d'amore tra Brunilde e Sigfrido, e l'inganno cortigiano per sposarli a due rami senza frutto, il Re dei Ghibicunghi e la sorella.

La storia proseguì in maniera così complicata che in pochi in platea dovevano averci capito qualcosa. All'intervallo, il Cavaliere vide formicolare in tutte le direzioni degli spettatori dallo sguardo preoccupato, timorosi che qualcuno, malignamente, esigesse una spiegazione, un commento.

– Senti qua – fece Martinelli, facendogli segno di rimanere in silenzio, e tolse dal muro un disco, una sorta di tappo, e dal foro bucherellato giunsero delle voci. Con un dito, Martinelli gli indicò il palco accanto al loro.

– Non riuscirò a sentirne più di un altro minuto. Andrò via. Ho altro da fare, questa sera.

– Siete fortunato.

– Ma ve lo ricordate, Wagner?
– Oh, sì. Una volta suonò così a lungo e cose talmente incomprensibili, che la principessa di Petralia si addormentò e scivolò per terra
– E il ritratto che gli fece quel pittore francese a Palazzo Gangi?
– Che dite? Wagner posava così teso e nervoso che quello, il pittore, rischiava di spezzare il pennello, tanto freneticamente lo muoveva sulla tela, per paura di vederlo scappare via.

Chiuse.

– Senti quest'odore, Eugenio? Questo profumo forte e resinoso? È hashish, una droga che arriva dall'Oriente. Le signore lo fumano con delle pipette di osso e radica. È la moda del momento. Anche se Donna Franca Florio la fumava già dieci anni fa.

Il secondo atto si chiuse sulla decisione di uccidere Sigfrido. Le luci si riaccesero su un pubblico decimato dalla lentissima progressione musicale e dall'oscurità degli eventi. Vi era chi, assopito da un'ora, stentava a risvegliarsi, nonostante le scosse e le gomitate nello stomaco di mogli e mariti.

Nel palco reale, accanto al Sindaco, si affollavano famigliari, ospiti, segretari, collaboratori, in una gerarchia chiaramente decifrabile dalla posizione e dall'atteggiamento. Martinelli indicò due uomini.

– Li vedi, Eugenio? Il Commendator Sagana e il Marchese Gianlombardo. Di buone famiglie, buone scuole e buoni affari.

Il Cavaliere ebbe un soprassalto. Avrebbe voluto chiedergli: cosa ne sai, di Sagana e Gianlombardo, e delle mie indagini? Ma se ne restò in silenzio. Osservò quei due uomini, a poca distanza dal Sindaco.

– Sagana è quello che accavalla le gambe. Gianlombardo è al suo fianco, con le mani sulle cosce.

Il Cavaliere li osservò con attenzione. Poco più alto e glabro, il primo, con uno sguardo fiero e sicuro di sé. Tozzo e protetto da una gran barba, il secondo. Dietro di loro, due donne, che ripetevano quei caratteri. Le mogli, probabilmente.

– Dicono che siano due fratellastri, che Virgilio Sagana sia il primo figlio, e non riconosciuto, del Marchese padre, Augusto Gianlombardo, un errore di gioventù compensato da un amore grandissimo e da un'ingente fortuna, e che Luigi Gianlombardo, il minore, viva dei profitti di una cava che dà pietrisco e balàte per le strade di tutta la città. Sagana è uomo di grande intelligenza. Non ha mancato alla parabola dei talenti. Ha moltiplicato le sue fortune ricattando i ricattabili e corrompendo ogni uomo dello Stato che fosse disponibile ad esser corrotto. Ha costruito grandi palazzi e proposto ardite trasformazioni della città. Gianlombardo vive all'ombra di quella potenza straordinaria, contentandosi dei denari che arrivano sicuri e senza sforzo.

Martinelli s'interruppe con un sorriso, come se avesse riferito un pettegolezzo, o forse, si disse il Commissario, con l'aria di chi ha appena firmato un capolavoro. Mangiò qualcosa, e invitò l'amico a sfamarsi, e a bere.

Le luci si spensero nuovamente. Il terzo atto finì in tragedia, nell'orrore mistico del *Walhalla*. Palermo pianse la propria sventura: non vi erano Dei né Titani a vegliare sulla sua grandezza. Non vi erano mai stati.

XIV

Domenica 28 e Lunedì 29 maggio 1911

La domenica, com'era scritto in un vecchio Libro, il Cavalier Garbo riposò, e a lungo. Avrebbe atteso un segno. Uno qualsiasi.

Mangiò frutta, bevve molta acqua e non lavorò, lasciando che i suoi pensieri decantassero in silenzio, pensandosi fuori del controllo della sua volontà.

Il lunedì, purificate cervella e viscere, alle otto del mattino il Commissario era già al lavoro nel suo ufficio.

Aprì la rivista che aveva appena acquistato – «La Voce», di certi Papini e Prezzolini –, incuriosito dalle poche righe lette in libreria. In quel numero, Gaetano Salvemini scriveva della Libia e dell'interrogativo dinanzi al quale ci si divideva tra favorevoli e contrari: se andare o no a conquistar la sabbia africana. Il governo era per la guerra. Salvemini, motivatamente pacifista.

Pensò, Garbo, che la guerra era un formidabile strumento di fascinazione. Giornalisti, poeti, scrittori, accendevano i cuori di uomini e donne. La povertà d'Italia, a soli cinquant'anni dalla sua nascita, era cosa che solo nel sangue avrebbe trovato soluzione, e non che dovesse per forza mutare in ricchezza: sarebbero bastati il sogno della ricchezza e il più concreto fuoco delle armi.

Alle nove e trenta, giunse un corriere in uniforme che recava un avviso di convocazione, per quella stessa mattina, ai Tribunali.

Il Cavalier Garbo ripose la rivista nel cassetto della scrivania e ravviò i pochi capelli. Poi, diede uno sguardo d'intesa alla sua scorta e disse: – Lunga passeggiata. Ai Tribunali.

Di nuovo il Cassaro, la piazza Vigliena e la ferita di via Roma, fino alla piazza Marina e allo Steri: il sentiero seguito diecimila volte, bagnato e asciutto e sempre disseminato di trappole e insidie.

Non vi erano udienze, il lunedì mattina, ed era dunque ora di rapidi attraversamenti di corti e corridoi: di addetti di studio in cerca di protocolli e in consegna di istanze; di avvocati civilisti desiderosi di ben remunerate composizioni o al contrario di prosecuzioni infinite delle loro cause; di avvocati penalisti che sondavano il terreno per confessioni e sconti di pena, e per scarcerazioni ripagate da chiamate in correo.

Vide tutto quell'agitarsi, il Commissario, e gli parve che, in quel caos inestricabile, la sola possibilità di giustizia fosse in un casuale comporsi di interessi e non di ponderate decisioni: contrattazione, e non sanzione. Come nel libero mercato idealizzato da Adam Smith, dove l'incontro tra la domanda e l'offerta determinava il giusto prezzo di ogni merce.

Disse alla guardia d'esser stato convocato d'urgenza dal Procuratore del Re e si qualificò. La guardia scattò sugli attenti e invitò il Commissario a seguirlo fino al primo piano e il suo accompagnatore ad attendere nella stanza delle armi.

Il Commissario osservò le stanze ancora protette da vecchi portoni massicci e ricoperti di ferro sbalzato, ed ognuno con uno sportello e le sbarre, a ricordare che quella Procura, fino a centoventotto anni prima – all'anno Domini 1783 in cui Caracciolo chiuse l'Inquisizione e bruciò i suoi archivi –, era stata la più dura delle carceri, appartenendo al Tribunale del Sant'Uffizio, e che lì i suoi progenitori erano stati imprigionati, torturati e uccisi.

Gli parve di sentire le urla dei reclusi, e un indistinto mormorio di risa, lacrime e silenzi, mentre osservava i graffiti che illustravano le pareti di quell'inferno: erano stati incisi con il cibo e gli avanzi, gli umori più intimi e i rifiuti corporali dei carcerati, e dicevano di battaglie navali, *mitzvah* e morti per auto da fè.

– Commissario, lieto di rivedervi.

Gli tese la mano grassoccia, il Procuratore Castrogiovanni, il viso tondo e liscio segnato da due baffi imperiali, e con un'espressione meno arcigna di quella che ricordava. S'erano visti già una volta: ora tutto ritornava vivido, nella sua memoria.

Erano passati un paio d'anni dall'assassinio del poliziotto americano, Joe Petrosino: l'aveva conosciuto da vivo e riconosciuto da morto, e si era sentito amico più del morto, steso sul selciato della piazza Marina, che del vivo, dallo sguardo fiero e sospettoso. Entrambi, il Cavalier Garbo e il Procuratore del Re, Sua Eccellenza Castrogiovanni, avevano attraversato quell'inchiesta, rimanendone fortunatamente indenni per l'esservisi soffermati per pochi giorni e per averne subito lasciato ad altri le redini.

– Saremo più fortunati, stavolta – disse il Commissario, inseguendo i suoi pensieri, che subito dopo s'affrettò a chiarire.

Il Procuratore gli indicò una poltroncina dinanzi alla sua scrivania, facendogli segno di accomodarsi. Gli rivolse un'occhiata penetrante che pareva d'interesse ed era invece di fastidio. Poi, sciolse quella durezza in un sorriso appena abbozzato.

– Ho letto della vostra richiesta di udienza urgente e vi ho mandato subito a chiamare. Devo complimentarmi per l'intelligente discrezione e per la solerzia con le quali avete lavorato: sono trascorsi pochi giorni dal mio incarico e voi avete già delle prime sommarie conclusioni da comunicarmi. Sono desideroso di ascoltarvi. Parlate liberamente.

Il Commissario ripeté quasi parola per parola ciò che aveva scritto nel suo piano di guerra, arricchendo quello scarno copione di particolari scenograficamente molto interessanti ma del tutto irrilevanti sotto il profilo investigativo. Si trattava, a suo parere, di un omicidio di mafia e di un rapimento o peggio. Erano stati colpiti due poliziotti: un'autentica sfida allo Stato e al Re da parte di una cosca guidata da squilibrati, un gesto inconsulto che rischiava di far scorrere molto sangue per le strade di Palermo. E non era la prima volta che s'ammazzava un poliziotto. Agnello e La Mantia erano stati colpiti, probabilmente, per dare un segnale, un avvertimento. Ma era solo un'ipotesi, allo stato delle cose.

Il Procuratore ascoltò ogni parola annuendo e infine rallegrandosi di tanta precisione. Egli sembrava accogliere di buon grado quella ricostruzione – pensava Garbo –, escludendo ogni possibile ripercussione sul suo ufficio e sui suoi piani futuri.

– Potrei dover procedere a dei fermi di polizia che dovessero rendersi necessari ai fini delle indagini, Vostra Eccellenza, né vorrei impegnare il vostro ufficio in continue defatiganti consultazioni. Ditemi come preferite che io proceda.

– Commissario, potete procedere liberamente e sempre secondo coscienza. Io, per conto mio, vi rilascio un placet che vi autorizza ad immediate e non dilazionabili azioni di polizia.

– Mi concedete più fiducia di quella che meriti.
– Avete tenuto una condotta esemplare, Commissario.

Quand'ebbe termine lo scambio di cortesie, il Cavalier Garbo si ritrovò nella tasca della sua giacca una lettera di delega e poté dirsi soddisfatto. Salutò con il doppio della dovuta deferenza il Procuratore del Re e fece immediato ritorno al Commissariato, in compagnia di Calascibetta.

Pensò che erano giorni che non fumava, e si accese un sigaro. La strada gli parve più breve.

Sulla sua scrivania, vide una missiva del Regio Esercito, inviatagli dal Colonnello Fabrizio Martinelli.

Sì.

Una sola parola, per una risposta sibillina alla sua domanda di due giorni prima.

La Mantia e Agnello erano passati al servizio dell'Ufficio I, ed era in tale veste che erano stati assegnati alla tutela straordinaria del Procuratore Diotallevi. La concisione della risposta suggeriva che Martinelli avrebbe negato dinanzi a chiunque d'aver mai ascoltato quella sua domanda. Il Commissario non avrebbe mai dovuto far uso pubblico di quel suo sì.

Dopo la firma – Fabrizio, senza il cognome – c'era anche un *Post scriptum*.

Conosco chi può aiutarti. Potresti trovarti, domattina alle sei in punto, dinanzi alla chiesa di Casa Professa.

Bene.

O male.

Forse era stata una mossa imprudente, interpellare il servizio segreto del Regio Esercito.

Quel potresti, però, implicava una scelta: nessuno l'obbligava a recarsi all'appuntamento, certo, ma a garantire il suo buon diritto ad andar sicuro, il suo amico aveva scritto: «Potresti». Né obblighi, né rischi.

Ad ogni buon conto, il Commissario avrebbe avuto con sé l'agente Calascibetta. Un condizionale era pur sempre un condizionale.

Prima, però, c'era ancora qualcosa da fare, per completare il quadro esatto delle complicità e dei traffici. Aveva rinviato più volte quella mossa. Ora non gli restavano che poche ore.

Ruppe ogni indugio: avrebbe fatto visita alle società anonime di mutuo soccorso controllate dal Marchese Gianlombardo e dal Commendator Sagana, e avrebbe convocato i due per l'indomani. Nei suoi uffici. Come due indagati qualsiasi, senza riguardi.

Incontrò i suoi uomini, li suddivise in due squadre da undici, diede loro delle istruzioni ben meditate sul comportamento da tenersi e su ciò che avrebbe costituito oggetto delle loro ricerche, e nei loro occhi rivide il fuoco della fiducia spentosi pochi giorni prima.

Poi, sulle due carrozze cellulari delle quali era dotato il Commissariato, si diresse al porto: le società avevano sede in due palazzine dinanzi agli imbarchi.

Agli impiegati che lo ricevevano, allibiti, disse sorridendo che quelle erano perquisizioni autorizzate dal Procuratore del Re e che i suoi uomini avrebbero sequestrato tutti gli incartamenti che avessero ritenuto degni d'interesse.

A capo di una squadra, mise La Placa; l'altra, volle guidarla personalmente. Calascibetta consegnò gli avvisi di comparizione ai domicilii di Gianlombardo e Sagana.

Lavorarono, gli agenti, come bestie da soma, per l'intera giornata, trasportando pacchi di carte e interi armadi, facendo avanti e indietro con i cellulari dal porto al Commissariato, e quella notte umidissima trascorse ancora una volta in bianco e senza l'ombra di un bicchier di vino: alle cinque e quindici del mattino, nei suoi uffici, il Cavalier Garbo aveva messo insieme le prove necessarie ad affrancare dal buio degli archivi le ipotesi formulate a così caro prezzo da La Mantia: ne fece uno schema puntualmente annotato, e anche quello finì in originale in una busta affrancata e in copia conforme nella cassaforte del Commissariato, insieme alle altre minute e al placet del Procuratore.

Castrogiovanni, informato da un avvocato prima che dal Cavalier Garbo, s'era ben guardato dall'intervenire, ringhiando furiosamente nel labirinto del quale aveva fornito le chiavi al Commissario.

Alle sei, il Cavalier Garbo era dinanzi a Casa Professa, insieme a Calascibetta e, per sovrappiù, ad altri tre agenti, stanchi ma perfettamente vigili e consapevoli del rischio che andavano correndo.

XV

Martedì 30 maggio 1911

Un sole incerto e affaticato su nuvole lattiginose e gonfie di pioggia rischiarava appena la piazza della Casa Professa: la casa dei gesuiti. I cinque poliziotti vi erano giunti dal Cassaro per la salita Raffadali, che nel senso loro era una discesa ripida, sulle pietre color del piombo passate per la mola dai secoli, e alquanto scivolosa.

Il drappello si arrestò dinanzi alla chiesa del Gesù, e il Cavaliere, un po' sopraffiato, si guardò intorno.

Le aule al piano terreno dell'antica scuola sul lato sinistro della piazza avrebbero accolto, non più tardi delle otto, le orfane collegiate per uno degli ultimi giorni di lezione prima delle vacanze estive: e per loro sarebbero state vacanze tristi e di clausura.

Le botteghe delle strade vicine erano sbarrate.

Le persiane delle abitazioni, ben serrate.

In quella piazza, non c'era nessuno, a quell'ora del mattino. Solo ombre, a far compagnia a cinque poliziotti.

Il ricordo dell'antica ricchezza faceva luce al povero mercato di Ballarò che poco più avanti aveva inizio:

le mura scrostate e le inferriate corrose, marcite da ferro in carbone. Le chiese e i palazzi parevano non aver più santi dedicatarii né nobili proprietari, ridotti a fondali di vecchie rappresentazioni.

Santità e finzione erano presenze abituali, in quella piazza.

A pochi passi, dalle parti di via Rua Formaggi, era nato il Conte di Cagliostro, al secolo Giuseppe Balsamo, conoscitore di arti occulte, mago e alchimista: un truffatore di genio che aveva finito i suoi giorni in una grotta della fortezza di San Leo (e morire in una grotta dovette sembrargli destino appropriato); sulla piazza, mille e quattrocento anni prima, si diceva avesse vissuto, in una grotta da eremita, il Santo nero, Calogero (le grotte erano state catacombe e il termine eremita ricordava Hermes, o Mercurio, ed un San Mercurio era ancora venerato, da quelle parti); per tacere, infine, delle contraddizioni dei Gesuiti – missionari devoti tra gli ultimi e manovratori abilissimi tra i primi – e del loro essere un ordine smisurato: nel potere e nel sapere: la loro casa palermitana sorgeva su un'antica grotta devozionale.

Alle sei e due minuti, in un silenzio reso perfetto dalla paura, il Cavalier Garbo udì una chiave far scattare delle molle – una, due, tre volte – in una grossa serratura: era quella della porta della Casa Professa, che si aprì cigolando su robusti cardini.

Ne venne fuori un sacerdote alto e curvo in una tonaca nera che lo ricopriva fino ai piedi e s'impolverava sul pavimento: si guardò intorno, e non appena vide il Commissario, gli fece segno di avvicinarsi.

Il Cavalier Garbo fece con la mano destra una mossa interrogativa – «Proprio me venite cercando?» – e istintivamente fece qualche passo avanti.

Il gesuita si sporse oltre l'andito del portone, come a guardarlo meglio attraverso i suoi piccoli occhiali, e non appena si ebbe la certezza che fosse lui, ripeté quel segno, per tre volte a scavare nell'aria con il cucchiaio della mano, accompagnandolo ad un'esclamazione dal tono aspro: – Entrate.

I cinque uomini entrarono nell'ampio atrio colonnato, e il portinaio, il viso del quale ricordava entrambe le vite del fondatore dell'Ordine, disse: – Seguitemi.

I cinque si fecero avanti.

– Solo voi – disse bruscamente il portinaio, indicando il Commissario, sorpreso da quelle due parole e ansioso di comprendere le ragioni di quell'appuntamento.

L'uomo lo condusse ad un grande salone, e poi, per le scale, fino ad una stanza, la porta aperta sul mezzanino.

– Venite, Cavaliere, accomodatevi – esortò dall'interno una voce fievole, stanca. – Non avrete dormito, questa notte, per tutti i vostri impegni: ve lo posso leggere in viso. Mi spiace che abbiate dovuto aggiungervi anche questo.

– Commissario Garbo, riverisco – disse, tendendo la mano sopra la scrivania.

– Mi chiamano padre Alfonso – rispose, quello, sollevando appena la sua.

– Sono a vostra completa disposizione, reverendo – fece il Cavaliere, studiando i tratti di un sacerdote di piccola statura, dal viso magro, scavato, dell'età apparente di settant'anni, seduto su una vecchia sedia impagliata. Aveva degli occhi neri e mobilissimi, dietro un vecchio paio d'occhiali di ferro. Tutt'intorno, vecchie librerie colme di volumi rilegati in lacere pelli di vari colori: letti ed annotati, a giudicare dalle sottili strisce di carta che ne fuoriuscivano.

– Voi portate un cognome che racconta delle vostre origini, Cavalier Garbo. La Chiesa alla quale appartengo non ha ancora imparato ad amarle, queste nostre comuni origini, per come esse meriterebbero.

– È anche il vostro sentimento? – rispose il Commissario, avvertendo non sapeva se ostilità o furbizia, e ricacciando in un angolo oscuro quel suo antico segreto di famiglia: d'istinto, come si era fatto per generazioni. Per paura.

– Conosciamo così poco Nostro Signore che non dovremmo dividerci sul suo nome. Non condivido alcuna discriminazione, Cavaliere: poiché noi ci sforziamo di considerare eguali tutti gli uomini.

– Egualmente bisognosi della vostra guida, reverendissimo padre.

– Il nostro fondatore ci ha insegnato ad abbassare il cielo fino a terra e a sollevar la terra al cielo – rispose il sacerdote, sazio del breve esame al quale aveva sottoposto il Cavaliere, delle sue risposte ostili e del suo indugiare sui libri.

– Quanto al sollevar la terra, è più difficile che abbassare il cielo... – Il Commissario si guardò intorno, e tra quei tomi invecchiati riconobbe storie e biografie: guerre, fondazioni, ascese e cadute, re, imperatori, tribuni e condottieri. – C'è qualcosa che devo sapere?

– Prima, c'è qualcuno che dovete incontrare, Cavaliere. Un mio vecchio allievo. Ha studiato qui, insieme al fratello.

XVI

Il sacerdote si sollevò con fatica e disse: – Entrate.

Il Commendator Sagana obbedì, ed entrò da una porticina laterale, piegando il capo per passare e rivolgendo un cenno di saluto al Commissario. Il gesuita gli indicò la sua sedia e, uscendo per quella stessa porticina, lasciò soli i due uomini.

Al muto saluto, seguì un lungo silenzio.

– Avremmo dovuto essere in due a vedervi. Questa notte, però, un uomo stava per restituire la sua anima a Dio – disse infine il Commendatore.

– Di chi state parlando? – s'allarmò il Commissario.

– Del Marchese Gianlombardo. È stato investito da una carrozza.

– Quando?

– Poco dopo la vostra convocazione in Commissariato.

Il Cavalier Garbo fu contrariato dalla freddezza di quell'uomo, che diceva del fratellastro con il nome del perfetto estraneo usato per una vita, e impressionato dalla forza di quella recitazione che a tutti imponeva, anche oltre la vita e la morte, il rispetto di un rigidissimo copione. Pure nella tragedia, quell'uomo non derogava al proprio ruolo. Agiva di conseguenza, si disse: anche lui. C'era chi decideva, e disponeva, a freddo, della vita degli altri: muoveva le sue pedine e mangiava le pedine dell'avversario, pur se a volte ciò significava sacrificarne una delle proprie.

– Chi vi ha chiesto di parlarmi? – proruppe il Commissario, contenendo il suo disgusto.

– Nessuno mi ha incaricato di nulla. Nessuno lo farà più, Cavaliere. Statene certo.

– Siete qui per vostra scelta, allora?

– Di quale scelta parlate? Non ci avete lasciato alcuna scelta, Commissario. La carrozza ha atteso Gianlombardo e, non appena ha attraversato la strada, lo ha travolto senza fermarsi – disse Sagana, cercando di dominare la sua paura. – Lo ha calpestato, con le ruote e con gli zoccoli del cavallo!

Sagana, per un attimo, parve cedere ad un sentimento. Ma si frenò. Strinse i muscoli del viso, serrando una mascella forte, abituata a contenere rabbia e smarrimento.

Ancora sangue, si disse il Commissario, per sigillare una pietra tombale sulla verità. Se pure Gianlombardo fosse sopravvissuto, non avrebbe detto una sola parola.

– Ieri avevo perquisito i vostri uffici, ed oggi vi avrei interrogati e, forse, arrestati.

– Quello del Marchese è stato un incidente davvero provvidenziale, per tanta gente...

– Se fossi un sacerdote, direi che la Provvidenza non si occupa di questo.

Sagana disse che avrebbe parlato. Ma in quella stanza, se il Commissario avesse voluto. In Tribunale, invece, si sarebbe assunto tutte le colpe, e non avrebbe detto delle colpe altrui. Anche se questo avrebbe significato la rovina economica per molti suoi dipendenti e per se stesso. Voleva liberarsi, e pagare.

Vendicarsi, pensò il Commissario.

– Vorrei dirvi della vostra inchiesta. Una sola volta – proruppe Sagana.

– Dovrete dirmi tutto – rispose il Cavalier Garbo, con tono ultimativo.

– Vi ho detto quali sono le mie condizioni.

– È già tutto scritto: una storiella con due gentiluomini corrotti e la mafia all'opera, da sola.

– Sembra che non vi basti. Questa storiella farebbe di voi un gran poliziotto.

– Sento un puzzo famigliare, in questa storia e nel silenzio che la circonda: un puzzo di caserma, di marcio e di tradimento.

– Il ferro caldo è stato poggiato sulla carne ferita. Dovrete trattenere il respiro per il tempo che sarà necessario. E un giorno, forse, i conti saranno saldati del tutto.

– Siete qui per dichiararvi colpevole e per sopravvivere. Quel che è accaduto al Marchese Gianlombardo vi ha gettato nel panico. Farò quel che desiderate: vi arresterò, non dubitate. Ma non potrò tenervi al sicuro.

– Si potrà dire che io abbia agito per ragion di Stato.

– E io vi arresterò per questo. Ma pensate davvero che in carcere vi lasceranno in pace? Che si potrà dire qualcosa, di ciò che è accaduto per quella ragion di Stato? Ci sono stati degli omicidi, Sagana!

– Non ho ucciso nessuno. Io...

– È morta anche una donna incinta – lo interruppe il Commissario, reprimendo una fitta allo stomaco.

– Non è stata una nostra decisione – disse, incautamente parlando al plurale.

– Ma non vi siete opposti.

– Non chiedo la vostra pena. Chi sa di meritare l'inferno, vive all'inferno.

– La donna e il marito, l'agente La Mantia, sono stati strangolati, e i loro corpi sono stati macellati e smembrati.

– Questa città non ha alcuna pietà.

– Palermo ha avuto dei pessimi esempi, Commendatore.

Sagana rispose con un sorriso. Non di sfida. Era, piuttosto, quello di un folle che rinsavisce, o di un savio che s'arrende alla propria follia.

Il Commissario aprì la porta con un gesto nervoso e urlò il nome di Calascibetta. L'agente si precipitò.

– Portatelo via – disse il Commissario. – È in arresto.

Calascibetta lo condusse via, reggendolo per un braccio. Sapeva, il Cavalier Garbo, che non vi sarebbe stato altro da chiedere ad alcuno, poiché doveva essersi combattuta una battaglia molto dura tra parti diverse dello Stato e in nome di molti interessi, e alla fine qualcuno aveva vinto. Non lui, certo.

La ricostruzione dei fatti, indipendentemente dalla sua volontà, avrebbe rispettato una liturgia definita altrove.

Qualcosa, tuttavia – ed erano forse ricordi, sensazioni o vaghe aspirazioni –, l'indusse a confidarsi con padre Alfonso.

– Ci saranno altri morti? – chiese il Cavalier Garbo.

– Se volete conoscere la mia opinione – rispose il Gesuita, rientrato nella sua stanza, – ci saranno dei processi, che consentiranno di rimetter molte cose al loro posto.

– Non tutte.

– E non tutte insieme. Crimini, ruberie, morti accidentali. Ogni cosa per sé.

– Circolano troppi soldi, a Palermo: troppi per le sole tasche di due criminali; troppi persino per un'intera città. Mi chiedo se una parte di questi soldi non abbia preso delle altre vie.

– Verso la capitale, intendete.

– Non lo sapremo mai.

– Sono anni difficili: si preparano conquiste, guerre. L'Europa è in gran concitazione. Il denaro ingrassa l'intero meccanismo. Lo lubrifica.

– Lo ubriaca – concluse il Cavaliere, e gli venne alla mente l'aereo che una settimana prima, a Parigi, aveva ucciso il Ministro della Guerra Berteaux e ferito gravemente il Presidente del Consiglio Monis. Scacciò subito i pensieri cattivi: che non di un incidente si fosse trattato; che una gigantesca cospirazione opponesse Italia e Francia, i due paesi in lizza per conquistar la Libia e sfruttarne i tesori; che la Francia avesse tutto da guadagnare da uno scandalo che gettasse nel fango i membri più eminenti del governo italiano. Stabilire un nesso tra quelle morti e la grande partita a scacchi che si giocava in Europa, gli parve un azzardo insostenibile.

Il sacerdote si sollevò a fatica, le mani tremanti sul piano della scrivania; accompagnò il Cavalier Garbo alla porta, e gli sussurrò, leggendogli nei pensieri: – Non dovete temere –. E, per la prima volta, mostrò un sentimento umano.

Il Cavaliere pensò che la rassicurazione avesse un fondamento, che riguardasse la sua stessa vita, e quella dei suoi famigliari. Pensò pure che accettare di dar soccorso a Sagana, dopo quel che era accaduto a Gianlombardo, dovesse aver comportato dei rischi per padre Alfonso. Era stato al fianco dei sovrani e poi spogliato e cacciato, il suo Ordine, dai vincitori: quel dover trascorrere continuamente dal Potere ai suoi perseguitati, restava per esso una sorta di nemesi storica.

Aveva ragionato, il Commissario, sull'eventualità che quel generale repulisti potesse finire per coinvolgerlo: aveva persino immaginato le dimissioni dalla polizia, la pensione, una fuga precipitosa, per rivedere i figli per un'ultima volta, a dir loro d'aver sbagliato ogni cosa; poi, aveva chiuso le indagini, spingendo gli avversari a lasciare in fretta il tavolo da gioco.

A metà delle scale, udì un colpo di pistola. Accelerò il passo, e scese a rotta di collo, quasi cadde alla fine delle scale, ma le sue dita restarono incollate al corrimano; si fermò, riprese fiato, attraversò il salone, che gli parve interminabile, e si precipitò nella corte. Vide il corpo di Sagana steso per terra, il capo squarciato e insanguinato: a poca distanza dalla mano destra, era una pistola. Il Commissario la riconobbe come la sua colt: quella che gli era stata donata da Joe Petrosino e che, qualche giorno prima, egli aveva prestato a Calascibetta.

– Chi l'ha data a Sagana? – chiese il Commissario, furente, le membra scosse dalla rabbia.

– L'avevo consegnata all'ingresso: niente armi, mi hanno detto, – rispose il poliziotto. – Sagana si è divincolato e ha cominciato a correre. E si è sparato un colpo in testa. È successo in pochi istanti. Non ho potuto fermarlo.

Dopo una piccola pausa, Calascibetta aggiunse: – Doveva aver la pistola con sé già da tempo.

Era un'accusa, la sua, non una semplice osservazione.

«Potreste avergliela consegnata voi, con la complicità di questi preti»: questo sottintendeva il poliziotto, pensò il Cavalier Garbo. «Ve la diedero e voi gliela consegnaste in quella stanzetta. Inducendolo poi ad usarla contro se stesso».

Il prete portinaio disse che, quella cosa, quell'arma, dovevano averla portata via dal suo cassetto: non era chiuso a chiave, e lui aveva avuto altro da fare, altrove. E chiuse la sua bocca come per non pronunciare più una sola parola in tutta la sua vita.

La pistola era rimasta incustodita. Chi l'aveva portata via? E com'era finita tra le mani di Sagana? Ed era davvero finita tra le sue mani?

Il Commissario raffrontò la mole di Calascibetta al più esile corpo senza vita steso per terra e, roso da un dubbio improvviso (come avrebbe potuto, Sagana, sfuggire a quel colosso?), disse: – Per chi lavori, tu, Calascibetta?

– Per lo Stato, Commissario –. E resse il suo sguardo così duramente che il Commissario dubitò di se stesso e delle sue conclusioni sull'onestà dell'agente. Ma durò solo un istante.

Padre Alfonso, da una finestra, tracciava muto dei segni nell'aria. Segni di croci e di sofferenza. Gli altri tre agenti osservavano quella scena senza comprenderne fino in fondo il significato.

Il corpo fu rimosso da due inservienti del collegio e

sistemato nella canonica, sul marmo di un tavolo da cucina. Il Commissario disse che avrebbe mandato un carro funebre a prelevarlo, e andò via.

XVII

Cominciava a piovere. I quattro agenti s'affiancarono al Cavalier Garbo giusto alle prime gocce d'acqua: Calascibetta guardava dinanzi a sé, evitando di leggergli in viso, o di far leggere nei suoi pensieri.

Il Commissario, invece, si vide per come lo vedevano i suoi avversari: un poliziotto ingenuo giocato da un altro poliziotto con meno della metà dei suoi anni, o da un prete e da chissà chi altri, con l'eliminazione violenta e premeditata di un indagato impaurito che avrebbe potuto ricostruire l'intero mosaico.

Qualcuno aveva dato quell'arma a Sagana, imponendogli il suicidio, o l'aveva usata contro di lui. Forse, avevano minacciato la sua famiglia, si disse il Cavalier Garbo, e dopo aver provato ad uccidere il suo fratellastro, Sagana sapeva che avrebbero assassinato sua moglie, i suoi figli.

Si chiese: cosa avrebbe fatto, lui, al posto di quell'uomo? Avrebbe avuto il coraggio di uccidersi?

La pioggia si fece più intensa, ed era come se quell'acqua penetrasse ombrelli e incerate e infradiciasse fino alle viscere il corpo del Commissario. Dinanzi alla salita

Raffadali, egli disse: – Di qua –. Sbucato in piazza Bologni, chiese che gli uomini lo lasciassero solo. Camminò per un poco, entrò alla Pasticceria Orlandina, chiese un tavolo e un bicchiere di vino caldo con un chiodo di garofano, per combattere quell'inverno improvviso, e confondendo giorno e notte, malesseri e stagioni, riscrisse daccapo la lettera indirizzata a L'Aquila, al Procuratore del Re, Sua Eccellenza Andrea Diotallevi. La storia perse la sua forma e ne assunse una nuova.

Un'ora dopo, il Commissario pagò e uscì.

Dinanzi alla statua di un vecchio imperatore, infilò l'ultima busta nella cassetta delle lettere. In quell'ultima missiva, riferiva delle sue conclusioni ma non diceva dell'intero contesto, ciò che avrebbe indotto il vecchio Procuratore a più amare considerazioni.

Disse dell'incidente occorso al Marchese Gianlombardo Luigi e della strana morte del Commendator Sagana Virgilio (neanche una parola sul fatto che non di suicidi si trattasse, bensì, a suo parere, di omicidi tentati o riusciti, e inevitabili, se si voleva porre un argine all'inchiesta e fors'anche ad altro), tacendo del colloquio di quella mattina e della via romana del denaro frutto di corruzioni, nonché del fetore di caserma che emanava da ogni cosa; tacendo pure del racconto di Fabrizio Martinelli e di Martinelli stesso, del vero lavoro del quale avrebbe smesso d'ora innanzi di chiedere anche a se stesso. Ridusse tutto a mafia e a semplice corruzione, ad un'idea concreta e non astratta, com'era un complotto in grado di estendersi a dismisura.

Del contesto, dell'anello più esterno e luminoso di quella costellazione criminale, avrebbe taciuto, l'indomani, pure nel suo rapporto al Procuratore Castrogiovanni. Avrebbe detto di quelle violenze: come se Gianlombardo si fosse gettato sotto la carrozza e Sagana si fosse sparato: chiarissime ammissioni di colpa. Le indagini sulle due Società Anonime avevano rivelato l'esistenza di ingentissime somme di denaro illecito da collegarsi ad attività di mafia.

Tutto ciò avrebbe attestato la correttezza del lavoro svolto dall'agente La Mantia Federico. Quanto alla scomparsa – sua e della moglie, Verso Carmela –, il Cavaliere avrebbe rassegnato alla Procura una proposta di archiviazione temporanea in attesa di ulteriori rivelazioni, o del risultato delle indagini e delle rogatorie internazionali da disporsi sulla loro possibile fuga in Sud America.

Sull'assassinio dell'Agnello Giuseppe, non un solo passo avanti rispetto alle ipotesi formulate nel suo primo rapporto, tre giorni prima: un avvertimento, forse, ma un forse non era abbastanza.

Non una sola parola, infine, sui proiettili ritrovati nel corpo di Agnello e nei pressi della casa dei La Mantia, sui due ufficiali che comparivano ad ogni snodo della vicenda, su Lazzarino e su quel che era probabilmente avvenuto alla Conceria: prove che non erano prove, per l'astrattezza delle moderne scienze criminali, identificazioni senza riscontri e testimonianze ritirate al primo cenno di violenza e di ricatto.

Prese un sigaro. Lo guardò a lungo, come se non sapesse cosa farsene. Lo passò sotto le narici, ma non avvertì alcun odore. Accese un fiammifero, e lo lasciò consumare, senza accostarlo al tabacco. Ripose il sigaro. Non aveva alcuna voglia di fumare.

Smise di chiedersi che cosa fosse davvero accaduto a Casa Professa. La morte di Sagana era l'esito di una complessa sequenza di eventi, e la colpa di una sola persona, di colui che gli aveva sparato o l'aveva indotto a spararsi, stingeva nel mare solforoso delle colpe di tanti. E così per tutte le altre morti.

Diede ad ognuno, persino a se stesso, la verità che poteva esser tollerata e confidò che quella ristretta misura l'avrebbe salvato. Eccolo – si disse, sdegnato dalla sua stessa scelta, il Cavalier Garbo –, quell'imprevedibile comporsi d'interessi e non di ponderate decisioni che era contrattazione, e non sanzione.

La Giustizia, in altre parole.

Epilogo

Lunedì 18 settembre 1911

I piroscafi di ritorno da Buenos Aires non avevano ancora riportato indietro alcuna risposta alla lettera recapitata quasi quattro mesi prima dalla Questura di Palermo. Nemmeno un rigo di riscontro, un sì o un no alla domanda: sapete qualcosa di un poliziotto e di sua moglie?

Era giunta invece una lettera del Procuratore Diotallevi, da L'Aquila. Il Commissario l'aveva letta in silenzio. Nulla diceva dell'indagine. Molto, di quel che essa aveva significato per lui.

Caro Cavaliere, le vostre lettere mi hanno detto della vostra onestà personale, del vostro travaglio.

Comprendo le vostre intenzioni, e vi sono grato di quanto avete voluto significarmi finora. La strada buona non conduce al Paradiso, purtroppo, ma all'Inferno.

Mi auguro che voi accettiate di buon grado ciò che vi riservano i tempi. Avrei voluto farlo io.

Il mio lavoro a Palermo è finito, e di quella città mi resta nel cuore quel che avrei potuto e non ho fatto.

Se fossi morto, avrei molti amici. Voi lo siete, mio amico, nonostante io sia ancora vivo. Ho ben seminato, se ho meritato la vostra amicizia.

Mi creda, Vostro Andrea Diotallevi

Il Commissario ripose la lettera nella sua valigia, con il poco che aveva deciso di portare con sé. Il treno per Roma stava aspettando. Il Cavalier Garbo avrebbe partecipato alle manifestazioni ufficiali per il Cinquantenario dell'Unità d'Italia. Ogni Questura avrebbe inviato un graduato in uniforme. Palermo aveva scelto il Cavalier Garbo. Doveva essere un premio, quel viaggio nella capitale. Due giorni dopo, sul Gianicolo sarebbe stato inaugurato il Faro degli Italiani d'Argentina.

Sul treno, il Commissario aprì la «Gazzetta Ufficiale» del Regno d'Italia. Tra le disposizioni del Ministero dell'Interno, rilesse nuovamente il paragrafo che diceva della sua prossima collocazione a riposo: con decorrenza il primo ottobre 1911 e con l'annuo assegno di Lire 1.900. Poi, scorse qualche pagina.

Quasi alla fine, nella parte non ufficiale, trovò il *Diario Estero*.

In questi momenti, in cui si agita la grande questione marocchina tra la Francia e la Germania e nei quali la Spagna agisce per ampliare le sue occupazioni di territorio al Marocco, era ben naturale che la stampa estera ricercasse qual era lo scopo del contegno del governo italiano.

Dapprima qualche giornale inglese accennò vagamente all'intenzione od almeno all'opportunità per il Governo italiano di occupare la Tripolitania e poco a poco la stampa francese, tedesca e russa fece coro alle prime notizie inglesi.

Quella però che più di tutte se ne è occupata è la stampa turca come la maggiore interessata.

Il giornale «Ihdam» di Costantinopoli pubblica in merito:

Il capo di Gabinetto del Ministro degli affari esteri ottomano ha fatto la seguente dichiarazione:

Posso affermare formalmente che non vi sono trattative tra Italia e Turchia circa i reclami di quella potenza relativamente a Tripoli e che mai il Governo italiano oserà tentare di mettere la mano su quella regione.

Il Governo ottomano conosce perfettamente la situazione e non si lascia per nulla muovere da tutto quanto succede.

Tuttavia, avendo la stampa italiana avuto un linguaggio poco amichevole, il Governo ottomano ha attirato l'attenzione dell'Italia a questo riguardo.

Il governo italiano sa benissimo che coloro i quali fanno tutto questo rumore a proposito di Tripoli sono dei nazionalisti desiderosi di creare delle difficoltà al Gabinetto Giolitti.

E questa è la principale causa della impassibilità di fronte alle tempeste che si scatenano da Roma.

Il Cavalier Garbo mise da parte i morti di Palermo e i complotti romani o francesi contro Giolitti, lontani e oramai del tutto estranei. Ripiegò la «Gazzetta Ufficiale» e provò a dormire.

Post scriptum

Avevo tante volte immaginato di collocare un romanzo «poliziesco» nella vecchia Palermo amata sui libri, tra le sue strade e i suoi palazzi. Non sapevo nulla dei personaggi di un romanzo solo vagheggiato, né del possibile intrigo. Finché non ho scelto d'ispirarmi alla realtà e ai rapporti che in Italia, da tempo immemorabile, legano lo Stato ai poteri criminali e occulti. Un'ispirazione dalla quale, è bene chiarirlo subito, ho tratto una vicenda immaginaria e dei personaggi che non hanno alcun legame con persone realmente esistite.

Ho riletto le cronache del fallito attentato dell'Addaura, a Palermo. Un attentato non solo mafioso che, il 20 giugno del 1989, avrebbe dovuto provocare una strage su una scogliera molto frequentata, dinanzi alla quale prendeva di frequente il bagno Giovanni Falcone con la moglie, Francesca Morvillo.

Falcone aveva preso in affitto, per l'estate, una villa in riva al mare. Quel giorno di giugno, aveva deciso di invitare dei colleghi svizzeri, due magistrati con i quali divideva testimoni e indagini per riciclaggio di denaro mafioso: Carla del Ponte e Claudio Lehmann. Ma il bagno non vi fu e nemmeno l'esplosione.

La verità di quel tentativo di strage fu presto rovesciata nella menzogna di un auto-attentato: di una messinscena voluta dallo stesso Falcone per trarne un indefinito vantaggio personale.

Falcone cominciò a morire quel giorno, per la denigrazione e l'isolamento, e il 23 maggio del 1992, sull'autostrada di Capaci, tra Punta Raisi e Palermo, ringhiò rabbioso il medesimo esplosivo rimasto silenzioso all'Addaura.

Ho letto, nel maggio del 2010, su «Repubblica», le cronache di Attilio Bolzoni che cominciavano a ristabilire la verità su due uomini dello Stato, Antonino Agostino ed Emanuele Piazza, uccisi e diffamati dopo la loro morte: erano stati loro ad evitare che la bomba esplodesse sugli scogli dell'Addaura: avrebbe ucciso Falcone e i suoi colleghi e sterminato ogni altro essere vivente in un raggio di 60 metri.

Piazza lavorava per un dipartimento del servizio segreto civile (è da ritenersi sia così, pure se ancora non risultano conferme ufficiali a quanto scritto e documentato da molti). Agostino era un poliziotto ed era stato ucciso con la moglie, Ida Castelluccio, alla quale aveva forse confidato qualcosa.

Da questi eventi e dalle ricostruzioni giudiziarie e giornalistiche, ho tratto alcuni degli elementi essenziali del romanzo: uno schema che prevedeva un attentato fallito, un giudice che sopravvive, due poliziotti che muoiono per avere impedito l'attentato ed uno di essi è ucciso con la moglie.

La cornice è la Sicilia – o l'Italia di oggi, della trattativa tra mafia e Stato –, così simile alla Sicilia e all'Italia di ieri e di un secolo o due, tre, quattro, cinque, sei secoli fa. Il contesto, quello di un'Europa sulla via di profondi cambiamenti.

Tutto il resto – fatte salve molte notizie storiche –, è pura invenzione.

Qualcosa, pochissimo, ho modificato, di Palermo e di alcuni eventi della storia cittadina: della mostra dei pittori contemporanei sui marciapiedi di via Bettino Ricasoli, risalente agli anni Sessanta del Novecento e non agli anni Dieci; delle celebrazioni per il cinquantenario dell'Unità d'Italia; della rappresentazione del *Crepuscolo degli Dei* al Teatro Massimo (e a quest'ultimo riguardo, per tante notizie e spunti d'invenzione, sono debitore, tra gli altri, ad una conferenza di un esperto e raffinato collezionista, Raffaello Pirajno, per la moda del tempo, e ad un articolo di Piero Violante, musicologo e tanto altro, per la permanenza di Richard Wagner in città).

Scegliere una Palermo di cent'anni fa, mi è stato molto utile. L'anno, il 1911, ha tante motivazioni. Fu un anno importante per l'Europa, attraversata dalla furia colonialista, e mi è servito a raccontare di quella Palermo che già alla fine dell'Ottocento aveva deciso per una drammatica e discutibile modernizzazione, con il Taglio di via Roma e la distruzione di una cospicua frazione della storia e della cultura cittadina: di quegli eventi e delle loro conseguenze ha scritto Mario Giorgianni, architetto e docente universitario alla Facoltà d'Architettura, straordinario investigatore della storia cittadina, da poco scomparso. Vera, a questo proposito, è la storia della deportazione di molti palermitani e della deviazione del tracciato rispetto al progetto originario. Quanto alla corruzione che ne derivò o che ne fu causa, questa mia particolare ricostruzione è frutto di immaginazione e pure di qualche ipotesi.

Ho ricordato la città ebraica, ove s'era consumato un autentico genocidio, prima e dopo l'editto d'espulsione degli ebrei dal Regno di Spagna imposto nel 1492. Nella prassi dell'Inquisizione ho ipotizzato il più importante fondamento culturale della mafia: erano stati terribili *istrumenti regni*, Inquisizione e mafia, per gli inganni e l'arbitrio degli inquisitori e dei famigli (poi di mafiosi e complici), e per la paura del popolo indifeso che di frequente mutava, e muta ancora, in complicità. Basti pensare alle bande di violenti a lungo sciolte dalle leggi; alla pratica della delazione, che innescava rapide spoliazioni di beni (a tutto favore dei potenti); alle torture inflitte per fini «più alti»; alla vicinanza dell'Inquisizione allo Stato.

La paura e l'orrore, insomma, sempre uguali, da secoli; e la mafia, ieri strumento dei potenti, nel tempo divenuta un'agenzia criminale al servizio dei poteri forti.

La scelta dei Gesuiti, infine, si deve alla localizzazione geografica della loro Casa palermitana, al centro di una sorta di reticolo mistico, nonché alla sapienza dell'Ordine e alla sua storica vicinanza al potere: potere che, a Palermo, negli ultimi anni, essi hanno cercato di rinnovare, nel senso dell'onestà e della giustizia sociale. Vi sono ben altri poteri, oggi, in grado di imporre relazioni, regole e priorità.

Un romanzo, però, è solo un romanzo, senza alcuna verità da rivelare.

Ringrazio chi ha letto, aiutato, corretto, confortato. Pitta e Maria, per tutti.

Indice

L'ultima indagine del Commissario

Questo volume è stato stampato
su carta Grifo vergata
delle Cartiere di Fabriano
nel mese di luglio 2013

Stampa: Officine Grafiche soc. coop., Palermo

Legatura: LE.I.MA. s.r.l., Palermo

La memoria

Ultimi volumi pubblicati

432 Ignazio Buttitta. La mia vita vorrei scriverla cantando
433 Sergio Atzeni. Raccontar fole
434 Leonardo Sciascia. Fatti diversi di storia letteraria e civile
435 Luisa Adorno. Sebben che siamo donne...
436 Philip K. Dick. Le tre stimmate di Palmer Eldritch
437 Philip K. Dick. Tempo fuori luogo
438 Adriano Sofri. Piccola posta
439 Jorge Ibargüengoitia. Due delitti
440 Rex Stout. Il guanto
441 Marco Denevi. Assassini dei giorni di festa
442 Margaret Doody. Aristotele detective
443 Noël Calef. Ascensore per il patibolo
444 Marie Belloc Lowndes. Il pensionante
445 Celia Dale. In veste di agnello
446 Ugo Pirro. Figli di ferroviere
447 Penelope Fitzgerald. L'inizio della primavera
448 Giuseppe Pitrè. Goethe in Palermo
449 Sergej Dovlatov. La valigia
450 Giulia Alberico. Madrigale
451 Eduardo Rebulla. Sogni d'acqua
452 Maria Attanasio. Di Concetta e le sue donne
453 Giovanni Verga. Felis-Mulier
454 Friedrich Glauser. La negromante di Endor
455 Ana María Matute. Cavaliere senza ritorno
456 Roberto Bolaño. Stella distante
457 Ugo Cornia. Sulla felicità a oltranza
458 Maurizio Barbato. Thomas Jefferson o della felicità
459 Il compito di latino. Nove racconti e una modesta proposta
460 Giuliana Saladino. Romanzo civile
461 Madame d'Aulnoy. La Bella dai capelli d'oro e altre fiabe
462 Andrea Camilleri. La gita a Tindari
463 Sergej Dovlatov. Compromesso
464 Thomas Hardy. Piccole ironie della vita
465 Luciano Canfora. Un mestiere pericoloso
466 Gian Carlo Fusco. Le rose del ventennio
467 Nathaniel Hawthorne. Lo studente
468 Alberto Vigevani. La febbre dei libri
469 Dezső Kosztolányi. Allodola
470 Joan Lindsay. Picnic a Hanging Rock
471 Manuel Puig. Una frase, un rigo appena
472 Penelope Fitzgerald. Il cancello degli angeli
473 Marcello Sorgi. La testa ci fa dire. Dialogo con Andrea Camilleri
474 Pablo De Santis. Lettere e filosofia
475 Alessandro Perissinotto. La canzone di Colombano
476 Marta Franceschini. La discesa della paura
477 Margaret Doody. Aristotele e il giavellotto fatale
478 Osman Lins. L'isola nello spazio

479 Alicia Giménez-Bartlett. Giorno da cani
480 Josephine Tey. La figlia del tempo
481 Manuel Puig. The Buenos Aires Affair
482 Silvina Ocampo. Autobiografia di Irene
483 Louise de Vilmorin. La lettera in un taxi
484 Marinette Pendola. La riva lontana
485 Camilo Castelo Branco. Amore di perdizione
486 Pier Antonio Quarantotti Gambini. L'onda dell'incrociatore
487 Sergej Dovlatov. Noialtri
488 Ugo Pirro. Le soldatesse
489 Berkeley, Dorcey, Healy, Jordan, MacLaverty, McCabe, McGahern, Montague, Morrissy, Ó Cadhain, Ó Dúill, Park, Redmond. Irlandesi
490 Di Giacomo, Dossi, Moretti, Neera, Negri, Pariani, Pirandello, Prosperi, Scerbanenco, Serao, Tozzi. Maestrine. Dieci racconti e un ritratto
491 Margaret Doody. Aristotele e la giustizia poetica
492 Theodore Dreiser. Un caso di coscienza
493 Roberto Bolaño. Chiamate telefoniche
494 Aganoor, Bernardini, Contessa Lara, Guglielminetti, Jolanda, Prosperi, Regina di Luanto, Serao, Térésah, Vertua Gentile. Tra letti e salotti
495 Antonio Pizzuto. Si riparano bambole
496 Paola Pitagora. Fiato d'artista
497 Vernon Lee. Dionea e altre storie fantastiche
498 Ugo Cornia. Quasi amore
499 Luigi Settembrini. I Neoplatonici
500
501 Alessandra Lavagnino. Una granita di caffè con panna
502 Prosper Mérimée. Lettere a una sconosciuta
503 Le storie di Giufà
504 Giuliana Saladino. Terra di rapina
505 Guido Gozzano. La signorina Felicita e le poesie dei «Colloqui»
506 Ackworth, Forsyth, Harrington, Holding, Melyan, Moyes, Rendell, Stoker, Vickers, Wells, Woolf, Zuroy. Il gatto di miss Paisley. Dodici racconti gialli con animali
507 Andrea Camilleri. L'odore della notte
508 Dashiell Hammett. Un matrimonio d'amore
509 Augusto De Angelis. Il mistero delle tre orchidee
510 Wilkie Collins. La follia dei Monkton
511 Pablo De Santis. La traduzione
512 Alicia Giménez-Bartlett. Messaggeri dell'oscurità
513 Elisabeth Sanxay Holding. Una barriera di vuoto
514 Gian Mauro Costa. Yesterday
515 Renzo Segre. Venti mesi
516 Alberto Vigevani. Estate al lago
517 Luisa Adorno, Daniele Pecorini-Manzoni. Foglia d'acero
518 Gian Carlo Fusco. Guerra d'Albania
519 Alejo Carpentier. Il secolo dei lumi
520 Andrea Camilleri. Il re di Girgenti

521 Tullio Kezich. Il campeggio di Duttogliano
522 Lorenzo Magalotti. Saggi di naturali esperienze
523 Angeli, Bazzero, Contessa Lara, De Amicis, De Marchi, Deledda, Di Giacomo, Fleres, Fogazzaro, Ghislanzoni, Marchesa Colombi, Molineri, Pascoli, Pirandello, Tarchetti. Notti di dicembre. Racconti di Natale dell'Ottocento
524 Lionello Massobrio. Dimenticati
525 Vittorio Gassman. Intervista sul teatro
526 Gabriella Badalamenti. Come l'oleandro
527 La seduzione nel Celeste Impero
528 Alicia Giménez-Bartlett. Morti di carta
529 Margaret Doody. Gli alchimisti
530 Daria Galateria. Entre nous
531 Alessandra Lavagnino. Le bibliotecarie di Alessandria
532 Jorge Ibargüengoitia. I lampi di agosto
533 Carola Prosperi. Eva contro Eva
534 Viktor Šklovskij. Zoo o lettere non d'amore
535 Sergej Dovlatov. Regime speciale
536 Chiusole, Eco, Hugo, Nerval, Musil, Ortega y Gasset. Libri e biblioteche
537 Rodolfo Walsh. Operazione massacro
538 Turi Vasile. La valigia di fibra
539 Augusto De Angelis. L'Albergo delle Tre Rose
540 Franco Enna. L'occhio lungo
541 Alicia Giménez-Bartlett. Riti di morte
542 Anton Čechov. Il fiammifero svedese
543 Penelope Fitzgerald. Il Fanciullo d'oro
544 Giorgio Scerbanenco. Uccidere per amore
545 Margaret Doody. Aristotele e il mistero della vita
546 Gianrico Carofiglio. Testimone inconsapevole
547 Gilbert Keith Chesterton. Come si scrive un giallo
548 Giulia Alberico. Il gioco della sorte
549 Angelo Morino. In viaggio con Junior
550 Dorothy Wordsworth. I diari di Grasmere
551 Giles Lytton Strachey. Ritratti in miniatura
552 Luciano Canfora. Il copista come autore
553 Giuseppe Prezzolini. Storia tascabile della letteratura italiana
554 Gian Carlo Fusco. L'Italia al dente
555 Marcella Cioni. La porta tra i delfini
556 Marisa Fenoglio. Mai senza una donna
557 Ernesto Ferrero. Elisa
558 Santo Piazzese. Il soffio della valanga
559 Penelope Fitzgerald. Voci umane
560 Mary Cholmondeley. Il gradino più basso
561 Anthony Trollope. L'amministratore
562 Alberto Savinio. Dieci processi
563 Guido Nobili. Memorie lontane
564 Giuseppe Bonaviri. Il vicolo blu

565 Paolo D'Alessandro. Colloqui
566 Alessandra Lavagnino. I Daneu. Una famiglia di antiquari
567 Leonardo Sciascia scrittore editore ovvero La felicità di far libri
568 Alexandre Dumas. Ascanio
569 Mario Soldati. America primo amore
570 Andrea Camilleri. Il giro di boa
571 Anatole Le Braz. La leggenda della morte
572 Penelope Fitzgerald. La casa sull'acqua
573 Sergio Atzeni. Gli anni della grande peste
574 Roberto Bolaño. Notturno cileno
575 Alicia Giménez-Bartlett. Serpenti nel Paradiso
576 Alessandro Perissinotto. Treno 8017
577 Augusto De Angelis. Il mistero di Cinecittà
578 Françoise Sagan. La guardia del cuore
579 Gian Carlo Fusco. Gli indesiderabili
580 Pierre Boileau, Thomas Narcejac. La donna che visse due volte
581 John Mortimer. Avventure di un avvocato
582 François Fejtö. Viaggio sentimentale
583 Pietro Verri. A mia figlia
584 Toni Maraini. Ricordi d'arte e prigionia di Topazia Alliata
585 Andrea Camilleri. La presa di Macallè
586 Guillaume Prévost. I sette delitti di Roma
587 Margaret Doody. Aristotele e l'anello di bronzo
588 Guido Gozzano. Fiabe e novelline
589 Gaetano Savatteri. La ferita di Vishinskij
590 Gianrico Carofiglio. Ad occhi chiusi
591 Ana María Matute. Piccolo teatro
592 Mario Soldati. I racconti del Maresciallo
593 Benedetto Croce. Luisa Sanfelice e la congiura dei Baccher
594 Roberto Bolaño. Puttane assassine
595 Giorgio Scerbanenco. La mia ragazza di Magdalena
596 Elio Petri. Roma ore 11
597 Raymond Radiguet. Il ballo del conte d'Orgel
598 Penelope Fitzgerald. Da Freddie
599 Poesia dell'Islam
600
601 Augusto De Angelis. La barchetta di cristallo
602 Manuel Puig. Scende la notte tropicale
603 Gian Carlo Fusco. La lunga marcia
604 Ugo Cornia. Roma
605 Lisa Foa. È andata così
606 Vittorio Nisticò. L'Ora dei ricordi
607 Pablo De Santis. Il calligrafo di Voltaire
608 Anthony Trollope. Le torri di Barchester
609 Mario Soldati. La verità sul caso Motta
610 Jorge Ibargüengoitia. Le morte
611 Alicia Giménez-Bartlett. Un bastimento carico di riso

612 Luciano Folgore. La trappola colorata
613 Giorgio Scerbanenco. Rossa
614 Luciano Anselmi. Il palazzaccio
615 Guillaume Prévost. L'assassino e il profeta
616 John Ball. La calda notte dell'ispettore Tibbs
617 Michele Perriera. Finirà questa malìa?
618 Alexandre Dumas. I Cenci
619 Alexandre Dumas. I Borgia
620 Mario Specchio. Morte di un medico
621 Giorgio Frasca Polara. Cose di Sicilia e di siciliani
622 Sergej Dovlatov. Il Parco di Puškin
623 Andrea Camilleri. La pazienza del ragno
624 Pietro Pancrazi. Della tolleranza
625 Edith de la Héronnière. La ballata dei pellegrini
626 Roberto Bassi. Scaramucce sul lago Ladoga
627 Alexandre Dumas. Il grande dizionario di cucina
628 Eduardo Rebulla. Stati di sospensione
629 Roberto Bolaño. La pista di ghiaccio
630 Domenico Seminerio. Senza re né regno
631 Penelope Fitzgerald. Innocenza
632 Margaret Doody. Aristotele e i veleni di Atene
633 Salvo Licata. Il mondo è degli sconosciuti
634 Mario Soldati. Fuga in Italia
635 Alessandra Lavagnino. Via dei Serpenti
636 Roberto Bolaño. Un romanzetto canaglia
637 Emanuele Levi. Il giornale di Emanuele
638 Maj Sjöwall, Per Wahlöö. Roseanna
639 Anthony Trollope. Il Dottor Thorne
640 Studs Terkel. I giganti del jazz
641 Manuel Puig. Il tradimento di Rita Hayworth
642 Andrea Camilleri. Privo di titolo
643 Anonimo. Romanzo di Alessandro
644 Gian Carlo Fusco. A Roma con Bubù
645 Mario Soldati. La giacca verde
646 Luciano Canfora. La sentenza
647 Annie Vivanti. Racconti americani
648 Piero Calamandrei. Ada con gli occhi stellanti. Lettere 1908-1915
649 Budd Schulberg. Perché corre Sammy?
650 Alberto Vigevani. Lettera al signor Alzheryan
651 Isabelle de Charrière. Lettere da Losanna
652 Alexandre Dumas. La marchesa di Ganges
653 Alexandre Dumas. Murat
654 Constantin Photiadès. Le vite del conte di Cagliostro
655 Augusto De Angelis. Il candeliere a sette fiamme
656 Andrea Camilleri. La luna di carta
657 Alicia Giménez-Bartlett. Il caso del lituano
658 Jorge Ibargüengoitia. Ammazzate il leone

659 Thomas Hardy. Una romantica avventura
660 Paul Scarron. Romanzo buffo
661 Mario Soldati. La finestra
662 Roberto Bolaño. Monsieur Pain
663 Louis-Alexandre Andrault de Langeron. La battaglia di Austerlitz
664 William Riley Burnett. Giungla d'asfalto
665 Maj Sjöwall, Per Wahlöö. Un assassino di troppo
666 Guillaume Prévost. Jules Verne e il mistero della camera oscura
667 Honoré de Balzac. Massime e pensieri di Napoleone
668 Jules Michelet, Athénaïs Mialaret. Lettere d'amore
669 Gian Carlo Fusco. Mussolini e le donne
670 Pier Luigi Celli. Un anno nella vita
671 Margaret Doody. Aristotele e i Misteri di Eleusi
672 Mario Soldati. Il padre degli orfani
673 Alessandra Lavagnino. Un inverno. 1943-1944
674 Anthony Trollope. La Canonica di Framley
675 Domenico Seminerio. Il cammello e la corda
676 Annie Vivanti. Marion artista di caffè-concerto
677 Giuseppe Bonaviri. L'incredibile storia di un cranio
678 Andrea Camilleri. La vampa d'agosto
679 Mario Soldati. Cinematografo
680 Pierre Boileau, Thomas Narcejac. I vedovi
681 Honoré de Balzac. Il parroco di Tours
682 Béatrix Saule. La giornata di Luigi XIV. 16 novembre 1700
683 Roberto Bolaño. Il gaucho insostenibile
684 Giorgio Scerbanenco. Uomini ragno
685 William Riley Burnett. Piccolo Cesare
686 Maj Sjöwall, Per Wahlöö. L'uomo al balcone
687 Davide Camarrone. Lorenza e il commissario
688 Sergej Dovlatov. La marcia dei solitari
689 Mario Soldati. Un viaggio a Lourdes
690 Gianrico Carofiglio. Ragionevoli dubbi
691 Tullio Kezich. Una notte terribile e confusa
692 Alexandre Dumas. Maria Stuarda
693 Clemente Manenti. Ungheria 1956. Il cardinale e il suo custode
694 Andrea Camilleri. Le ali della sfinge
695 Gaetano Savatteri. Gli uomini che non si voltano
696 Giuseppe Bonaviri. Il sarto della stradalunga
697 Constant Wairy. Il valletto di Napoleone
698 Gian Carlo Fusco. Papa Giovanni
699 Luigi Capuana. Il Raccontafiabe
700
701 Angelo Morino. Rosso taranta
702 Michele Perriera. La casa
703 Ugo Cornia. Le pratiche del disgusto
704 Luigi Filippo d'Amico. L'uomo delle contraddizioni. Pirandello visto da vicino

705 Giuseppe Scaraffia. Dizionario del dandy
706 Enrico Micheli. Italo
707 Andrea Camilleri. Le pecore e il pastore
708 Maria Attanasio. Il falsario di Caltagirone
709 Roberto Bolaño. Anversa
710 John Mortimer. Nuovi casi per l'avvocato Rumpole
711 Alicia Giménez-Bartlett. Nido vuoto
712 Toni Maraini. La lettera da Benares
713 Maj Sjöwall, Per Wahlöö. Il poliziotto che ride
714 Budd Schulberg. I disincantati
715 Alda Bruno. Germani in bellavista
716 Marco Malvaldi. La briscola in cinque
717 Andrea Camilleri. La pista di sabbia
718 Stefano Vilardo. Tutti dicono Germania Germania
719 Marcello Venturi. L'ultimo veliero
720 Augusto De Angelis. L'impronta del gatto
721 Giorgio Scerbanenco. Annalisa e il passaggio a livello
722 Anthony Trollope. La Casetta ad Allington
723 Marco Santagata. Il salto degli Orlandi
724 Ruggero Cappuccio. La notte dei due silenzi
725 Sergej Dovlatov. Il libro invisibile
726 Giorgio Bassani. I Promessi Sposi. Un esperimento
727 Andrea Camilleri. Maruzza Musumeci
728 Furio Bordon. Il canto dell'orco
729 Francesco Laudadio. Scrivano Ingannamorte
730 Louise de Vilmorin. Coco Chanel
731 Alberto Vigevani. All'ombra di mio padre
732 Alexandre Dumas. Il cavaliere di Sainte-Hermine
733 Adriano Sofri. Chi è il mio prossimo
734 Gianrico Carofiglio. L'arte del dubbio
735 Jacques Boulenger. Il romanzo di Merlino
736 Annie Vivanti. I divoratori
737 Mario Soldati. L'amico gesuita
738 Umberto Domina. La moglie che ha sbagliato cugino
739 Maj Sjöwall, Per Wahlöö. L'autopompa fantasma
740 Alexandre Dumas. Il tulipano nero
741 Giorgio Scerbanenco. Sei giorni di preavviso
742 Domenico Seminerio. Il manoscritto di Shakespeare
743 André Gorz. Lettera a D. Storia di un amore
744 Andrea Camilleri. Il campo del vasaio
745 Adriano Sofri. Contro Giuliano. Noi uomini, le donne e l'aborto
746 Luisa Adorno. Tutti qui con me
747 Carlo Flamigni. Un tranquillo paese di Romagna
748 Teresa Solana. Delitto imperfetto
749 Penelope Fitzgerald. Strategie di fuga
750 Andrea Camilleri. Il casellante
751 Mario Soldati. ah! il Mundial!

799 Vicki Baum. Grand Hotel
800
801 Anthony Trollope. Le ultime cronache del Barset
802 Arnoldo Foà. Autobiografia di un artista burbero
803 Herta Müller. Lo sguardo estraneo
804 Gianrico Carofiglio. Le perfezioni provvisorie
805 Gian Mauro Costa. Il libro di legno
806 Carlo Flamigni. Circostanze casuali
807 Maj Sjöwall, Per Wahlöö. L'uomo sul tetto
808 Herta Müller. Cristina e il suo doppio
809 Martin Suter. L'ultimo dei Weynfeldt
810 Andrea Camilleri. Il nipote del Negus
811 Teresa Solana. Scorciatoia per il paradiso
812 Francesco M. Cataluccio. Vado a vedere se di là è meglio
813 Allen S. Weiss. Baudelaire cerca gloria
814 Thornton Wilder. Idi di marzo
815 Esmahan Aykol. Hotel Bosforo
816 Davide Enia. Italia-Brasile 3 a 2
817 Giorgio Scerbanenco. L'antro dei filosofi
818 Pietro Grossi. Martini
819 Budd Schulberg. Fronte del porto
820 Andrea Camilleri. La caccia al tesoro
821 Marco Malvaldi. Il re dei giochi
822 Francisco García Pavón. Le sorelle scarlatte
823 Colin Dexter. L'ultima corsa per Woodstock
824 Augusto De Angelis. Sei donne e un libro
825 Giuseppe Bonaviri. L'enorme tempo
826 Bill James. Club
827 Alicia Giménez-Bartlett. Vita sentimentale di un camionista
828 Maj Sjöwall, Per Wahlöö. La camera chiusa
829 Andrea Molesini. Non tutti i bastardi sono di Vienna
830 Michèle Lesbre. Nina per caso
831 Herta Müller. In trappola
832 Hans Fallada. Ognuno muore solo
833 Andrea Camilleri. Il sorriso di Angelica
834 Eugenio Baroncelli. Mosche d'inverno
835 Margaret Doody. Aristotele e i delitti d'Egitto
836 Sergej Dovlatov. La filiale
837 Anthony Trollope. La vita oggi
838 Martin Suter. Com'è piccolo il mondo!
839 Marco Malvaldi. Odore di chiuso
840 Giorgio Scerbanenco. Il cane che parla
841 Festa per Elsa
842 Paul Léautaud. Amori
843 Claudio Coletta. Viale del Policlinico
844 Luigi Pirandello. Racconti per una sera a teatro
845 Andrea Camilleri. Gran Circo Taddei e altre storie di Vigàta

846 Paolo Di Stefano. La catastròfa. Marcinelle 8 agosto 1956
847 Carlo Flamigni. Senso comune
848 Antonio Tabucchi. Racconti con figure
849 Esmahan Aykol. Appartamento a Istanbul
850 Francesco M. Cataluccio. Chernobyl
851 Colin Dexter. Al momento della scomparsa la ragazza indossava
852 Simonetta Agnello Hornby. Un filo d'olio
853 Lawrence Block. L'Ottavo Passo
854 Carlos María Domínguez. La casa di carta
855 Luciano Canfora. La meravigliosa storia del falso Artemidoro
856 Ben Pastor. Il Signore delle cento ossa
857 Francesco Recami. La casa di ringhiera
858 Andrea Camilleri. Il gioco degli specchi
859 Giorgio Scerbanenco. Lo scandalo dell'osservatorio astronomico
860 Carla Melazzini. Insegnare al principe di Danimarca
861 Bill James. Rose, rose
862 Roberto Bolaño, A. G. Porta. Consigli di un discepolo di Jim Morrison a un fanatico di Joyce
863 Stefano Benni. La traccia dell'angelo
864 Martin Suter. Allmen e le libellule
865 Giorgio Scerbanenco. Nebbia sul Naviglio e altri racconti gialli e neri
866 Danilo Dolci. Processo all'articolo 4
867 Maj Sjöwall, Per Wahlöö. Terroristi
868 Ricardo Romero. La sindrome di Rasputin
869 Alicia Giménez-Bartlett. Giorni d'amore e inganno
870 Andrea Camilleri. La setta degli angeli
871 Guglielmo Petroni. Il nome delle parole
872 Giorgio Fontana. Per legge superiore
873 Anthony Trollope. Lady Anna
874 Gian Mauro Costa, Carlo Flamigni, Alicia Giménez-Bartlett, Marco Malvaldi, Ben Pastor, Santo Piazzese, Francesco Recami. Un Natale in giallo
875 Marco Malvaldi. La carta più alta
876 Franz Zeise. L'Armada
877 Colin Dexter. Il mondo silenzioso di Nicholas Quinn
878 Salvatore Silvano Nigro. Il Principe fulvo
879 Ben Pastor. Lumen
880 Dante Troisi. Diario di un giudice
881 Ginevra Bompiani. La stazione termale
882 Andrea Camilleri. La Regina di Pomerania e altre storie di Vigàta
883 Tom Stoppard. La sponda dell'utopia
884 Bill James. Il detective è morto
885 Margaret Doody. Aristotele e la favola dei due corvi bianchi
886 Hans Fallada. Nel mio paese straniero
887 Esmahan Aykol. Divorzio alla turca
888 Angelo Morino. Il film della sua vita
889 Eugenio Baroncelli. Falene. 237 vite quasi perfette

890 Francesco Recami. Gli scheletri nell'armadio
891 Teresa Solana. Sette casi di sangue e una storia d'amore
892 Daria Galateria. Scritti galeotti
893 Andrea Camilleri. Una lama di luce
894 Martin Suter. Allmen e il diamante rosa
895 Carlo Flamigni. Giallo uovo
896 Maj Sjöwall, Per Wahlöö. Il milionario
897 Gian Mauro Costa. Festa di piazza
898 Gianni Bonina. I sette giorni di Allah
899 Carlo María Domínguez. La costa cieca
900
901 Colin Dexter. Niente vacanze per l'ispettore Morse
902 Francesco M. Cataluccio. L'ambaradan delle quisquiglie
903 Giuseppe Barbera. Conca d'oro
904 Andrea Camilleri. Una voce di notte
905 Giuseppe Scaraffia. I piaceri dei grandi
906 Sergio Valzania. La Bolla d'oro
907 Héctor Abad Faciolince. Trattato di culinaria per donne tristi
908 Mario Giorgianni. La forma della sorte
909 Marco Malvaldi. Milioni di milioni
910 Bill James. Il mattatore
911 Esmahan Aykol, Andrea Camilleri, Gian Mauro Costa, Marco Malvaldi, Antonio Manzini, Francesco Recami. Capodanno in giallo
912 Alicia Giménez-Bartlett. Gli onori di casa
913 Giuseppe Tornatore. La migliore offerta
914 Vincenzo Consolo. Esercizi di cronaca
915 Stanisław Lem. Solaris
916 Antonio Manzini. Pista nera
917 Xiao Bai. Intrigo a Shanghai
918 Ben Pastor. Il cielo di stagno
919 Andrea Camilleri. La rivoluzione della luna
920 Colin Dexter. L'ispettore Morse e le morti di Jericho
921 Paolo Di Stefano. Giallo d'Avola
922 Francesco M. Cataluccio. La memoria degli Uffizi
923 Alan Bradley. Aringhe rosse senza mostarda
924 Davide Enia. maggio '43
925 Andrea Molesini. La primavera del lupo
926 Eugenio Baroncelli. Pagine bianche. 55 libri che non ho scritto
927 Roberto Mazzucco. I sicari di Trastevere
928 Ignazio Buttitta. La peddi nova
929 Andrea Camilleri. Un covo di vipere
930 Lawrence Block. Un'altra notte a Brooklyn
931 Francesco Recami. Il segreto di Angela
932 Andrea Camilleri, Gian Mauro Costa, Alicia Giménez-Bartlett, Marco Malvaldi, Antonio Manzini, Francesco Recami. Ferragosto in giallo
933 Alicia Giménez-Bartlett. Segreta Penelope
934 Bill James. Tip Top